TRAM 83

Né en République démocratique du Congo en 1981, Fiston Mwanza Mujila vit à Graz, en Autriche. Il est titulaire d'une licence en lettres et sciences humaines à l'université de Lubumbashi. Il a écrit des recueils de poèmes, des nouvelles et des pièces de théâtre. Il a reçu de nombreux prix dont la médaille d'or de littérature aux VIe Jeux de la francophonie à Beyrouth.

FISTON MWANZA MUJILA

Tram 83

PRÉFACE INÉDITE D'ALAIN MABANCKOU

MÉTAILIÉ

Éditions Métailié, Paris, 2014.

ISBN : 978-2-253-04530-4 – 1re publication LGF

Tu mangeras à la sueur de tes seins.

Préface

Cher Fiston Mwanza Mujila,

Il y a quelques années, alors que je me trouvais à Graz, en Autriche, pour présenter la traduction allemande d'un de mes romans, un jeune homme vint vers moi à la fin de la rencontre : c'était toi...

Tu m'appris que tu vivais dans ce pays et, la nuit, tu me fis découvrir cette cité que je visitais pour la première fois. « Tu écris souvent sur les bars, et je dois t'en montrer quelques-uns dans cette ville, me dis-tu. Mais attention, les bars d'ici ne sont pas aussi bizarres que celui de ton roman *Verre Cassé*, ici il y a de la discipline même lorsqu'on lève son verre », rajoutas-tu...

Dans un de ces pubs « disciplinés » de Graz, entre quelques Autrichiens qui nous souriaient tout en épiant nos mouvements, nous parlions des musiciens congolais Lutumba Simaro, Tabu Ley, Franco Luambo Makiadi, Youlou Mabiala, ou encore Koffi Olomidé. Nous n'avions commencé à évoquer la littérature qu'au moment où l'établissement fermait. Des noms défilaient : Sony Labou Tansi, Ahmadou Kourouma, Mongo Beti, Jean Bofane In Koli...

Tu n'avais encore rien publié et ne laissas rien transparaître de ta vocation d'écrivain jusqu'au lendemain, quelques heures avant mon retour aux États-Unis, tu me remis un manuscrit : « Voilà, grand frère, ne t'embête pas si tu n'as pas le temps de lire, je comprendrai... », lâchas-tu d'un air pessimiste.

En prenant le manuscrit, j'eus immédiatement une appréhension, priant au fond de moi que la courtoisie et la gentillesse que tu affichais jusqu'alors à mon égard ne se transforment pas en déception lorsque je te lirai.

Dans l'avion, je dévorai ce texte. Le même que tu allais publier plus tard sous le titre de *Tram 83*. Et chaque fois que je repense à Graz, ce texte me revient à l'esprit...

Tu es arrivé sur la scène littéraire comme une véritable surprise. Ton pays natal, la République démocratique du Congo – l'un des plus peuplés d'Afrique –, attendait depuis longtemps son « grand romancier », depuis Valentin Mudimbé et Achille Ngoye, un romancier qui viendrait du peuple, qui parlerait la langue du peuple et porterait sur ses épaules les rares reliques préservées au moment où les « soleils des indépendances » consumaient la plupart de nos rêves de bâtir une Afrique libre, loin de la rapacité des tyrans installés à vie au pouvoir et oppressant continuellement les populations.

Tram 83 est un hymne à la liberté. C'est un roman de la magie de la parole menée par un écrivain qui nous montre de grandes qualités de conteur, d'observateur de la vie quotidienne et de philosophe de l'écriture. La ville congolaise de Lubumbashi est décrite avec ses personnages à la fois paumés, écrivains, rêveurs, soûlards et trafiquants de drogue dans les quartiers populaires où les plaisirs se monnaient. Ce réalisme de la décrépitude n'épargne aucun mal dont souffrent de nos jours les capitales africaines, la drogue ou l'alcool par exemple, des sujets qui montrent combien ton regard se pose sans tabous sur certaines dérives de notre continent, loin des images de carte postale destinées aux touristes et aux amateurs de l'exotisme.

Oui, c'est un nouveau réalisme que tu introduis dans le corpus littéraire d'Afrique noire. Ici, notre continent est dépouillé de ce voile opaque de ces périodes où nous étions considérés comme le « cœur des ténèbres », et surtout l'attraction à la fois mystérieuse et risible des dominants. Tout avait été pillé dans notre Maison, sauf la Parole que nous gardions jalousement dans ce sanctuaire ancestral, hors de la portée du colon. La densité et le souffle « théâtral » de ton roman te placent immédiatement parmi les nouvelles voix de la littérature africaine à suivre. Et pourtant, *Tram 83* est un premier roman. Mais quelle puissance ! Quelle invention langagière ! Quel bonheur de lecture !

Alain MABANCKOU

1. Au commencement était la pierre et la pierre provoqua la possession et la possession la ruée, et dans la ruée débarquèrent des hommes aux multiples visages qui construisirent dans le roc des chemins de fer, fabriquèrent une vie de vin de palme, inventèrent un système, entre mines et marchandises.

Gare du Nord. Vendredi, vers les sept-neuf heures du soir.

— Patience, mon ami, toi-même tu sais que nos trains n'ont plus la notion du temps.

La gare du Nord se dévergondait... Elle se résumait à une construction métallique inachevée, démolie par des obus, des rails et des locomotives qui ramenaient à la mémoire la ligne de chemin de fer construite par Stanley, des champs de manioc, des hôtels à bas prix, des gargotes, des bordels, des églises de réveil, des boulangeries et des bruits orchestrés par des hommes, toutes générations et nationalités confondues. C'était le seul endroit du globe où l'on pouvait se pendre, déféquer, blasphémer, s'amouracher et dérober sans se soucier du moindre regard. D'ailleurs, un air de complicité y flottait en permanence. Les chacals ne mangent pas les chacals. Ils sautent sur les dindons et les perdrix, et les dévorent. La légende, qui nous trompe souvent, ressassait que tous les projets de maquis et de guerres de libération avaient germé à la gare, entre deux locomotives. La même légende, comme si cela ne suffisait pas, prétendait que la construction du chemin de fer avait fait de nombreux morts imputés aux maladies tropicales, aux bavures techniques, aux mauvaises conditions de travail imposées par l'administration coloniale, bref, on connaît le scénario.

— Gare du Nord. Vendredi. Vers les sept-neuf heures.

Il était là depuis bientôt trois heures, se heurtant aux passants en attendant l'arrivée du train. Lucien avait pris soin d'insister sur la notion de temps et sur ces trains qui battaient tous les records : déraillements, retards, promiscuité... Requiem avait plus important à faire qu'attendre cet individu qui, au fil des ans, avait perdu toute importance à ses yeux. Depuis qu'il avait tourné le dos au marxisme, Requiem traitait de communistes du dimanche et d'idéologues de bidonville tous ceux qui le privaient de sa liberté de penser et d'agir. Il devait livrer une marchandise, sa vie en dépendait. Mais le train qui venait avec ce salaud de Lucien se faisait attendre.

Gare du Nord. Vendredi. Vers les...

— Monsieur voudrait une compagnie ?

Une fille, habillée comme on s'habille un vendredi soir dans une gare dont la construction métallique est inachevée, s'arrêta à sa hauteur. Un instant pour jauger la marchandise, un bruit sourd, un vacarme qui signalait l'entrée de la bête.

— Vous avez l'heure, citoyen ?

Il avait suffisamment analysé la gamine et l'avait même imaginée sur son grabat malgré la pénombre. Il l'attira contre son corps, demanda son nom, « appelle-moi Requiem », promena ses doigts sur les mamelles de la jeune créature, une autre phrase : « Tes cuisses, la prestance d'une bouteille de vodka... » avant de disparaître dans la masse, visqueuse, glauque, gluante, lugubre...

Il fallait une consigne. Indiquer un lieu où ils pourraient causer à tête reposée. La jeune femme insistant, il soupira, se mordit les lèvres et balbutia : « Rendez-vous au Tram 83. » À bien voir, ça ne servait pas à grand-chose puisqu'il devait raccompagner ce Lucien. Requiem secoua la trogne à cette idée. Et puis cette marchandise à livrer aux touristes fraîchement venus de l'Europe de l'Est. Entre-temps, le vacarme décuplait. La malédiction est que les trains qui arrivaient à ces heures de la nuit transportaient toute la racaille qui ne pouvait pas, qu'il s'agisse d'étudiants ou d'ouvriers des mines, regagner la bourgade par ses propres moyens. Le chemin de fer, pour des raisons jusque-là inconnues, coupait la seule université du coin en deux. Les cours de l'après-midi étaient perturbés non par le chahut de la machine mais par des étudiants qui vidaient les lieux avec leurs cliques et leurs claques car rater ces trains-là c'est pisser dans sa petite culotte, cher intellectuel. Les quelques professeurs qui squattaient dans les faubourgs de la Ville-Pays larguaient les amarres au même moment que leurs disciples. Ça ne s'apprend pas, l'instinct de survie. Ça vient de soi. Sinon, ils auraient déjà instauré un cours d'instinct dans les universités. Les trains passaient sans s'arrêter. Quitte, pour les étudiants les plus rapides, à s'agripper à la ferraille, à la guerre comme à la guerre ! Aux caprices de ces étudiants qui se croyaient tout permis s'opposait la bestialité des creuseurs qui partaient et revenaient par les mêmes engins. Les premiers reprochaient aux seconds de brader leur dignité aux exploitants et négociants miniers d'origines multiples. Les seconds s'en moquaient, démontrant avec leur poisse et leurs corps raidis à force de radioactivité qu'on n'a pas à passer sur les bancs de l'école pour baiser et trinquer, par la suite, avec une bière bien fraîche. D'ailleurs, certains étudiants butinaient dans les mines pour régler leurs dettes.

Requiem se mit à chercher l'aiguille dans la botte de foin. Les étudiants, efflanqués et dépassés par les événements, en colère, brandissaient des théories à l'instar de butins de guerre. Les mineurs-creuseurs ou creuseurs-mineurs, c'est selon, sortaient de leurs gosiers des imprécations qu'on se retient de formuler. Chaque soir, le même opéra. Ils se lorgnaient, rechignaient, s'invectivaient et en venaient même aux poings. Une légende avançait le chiffre de mille sept cents morts, sans compter les asphyxiés et autres blessés graves, lors des derniers affrontements.

Fatigué et par les bruits et par l'alcool qu'il venait d'ingurgiter, Requiem s'appuya contre un pilier, attendant qu'ils libèrent le terrain. Ils traînassaient sur les quais jusque tard dans la nuit, les étudiants avec leur grève, les mineurs-creuseurs avec leur gueule puant la dernière rouille.

— Je suis une femme libre mais je cherche encore l'homme de ma vie.

Il pensait déjà aux seins siliconés de la fille qui l'attendait au Tram 83. Après ces longues années de séparation, comment larguer Lucien et disparaître avec la gonzesse dans les méandres de la nuit. Les creuseurs des mines et les étudiants continuaient à se tester. Ils empruntaient le même itinéraire pour nulle part, à l'apothéose des menaces qu'ils proféraient. Requiem sentit comme une présence. Il leva les sourcils : Lucien, en chair et en squelette... Requiem s'avança. Il se rendit compte que son ami avait perdu tout son poids. Qu'une époque passait, qu'une civilisation trépignait... Lucien était tout de noir vêtu, jouant de l'harmonie d'une écharpe rouge et des paperasses plein les aisselles. Un sac en similicuir, usé jusqu'à la corde, en bandoulière. Les cheveux ébouriffés. Le visage froissé. La moustache intacte. Le regard froid. La voix rouillée. Ils s'étreignirent sans trop d'enthousiasme.

— Les salauds, ne me dis pas qu'ils t'ont torpillé la cervelle...

— Et toi, quelles nouvelles ?

— Et Jacqueline ?

— Une longue histoire.

— Comment tu t'en es tiré ?

— Je t'expliquerai...

— Les salauds, les salauds, ils...

— Tu m'emmènes ?...

— Oui, répondit Requiem, froidement, sûrement hanté par la fille habillée comme on s'habille un vendredi soir dans une gare dont la construction métallique est inachevée, où les rebelles dissidents en mal de sexe, les étudiants et les creuseurs empruntent le même itinéraire.

— Je suis une fille à fleur de peau.

Deux grosses larmes descendirent sur le visage de l'homme qui avait débarqué avec le train dans cette gare dont la construction métallique... Ils traversèrent en silence le hall et les autres morceaux de la gare, investis par quelques filles-mères en laisse, des professeurs bazardant des notes de cours, des intellectuels puant le poisson salé, des artistes cubains qui exécutaient salsa, flamenco et merengue, à l'occasion de rien.

2. Première nuit au Tram 83 : nuit de la débauche, nuit de la beuverie, nuit de la mendicité, nuit de l'éjaculation précoce, nuit de la syphilis et autres maladies sexuellement transmissibles, nuit de la prostitution, nuit de la débrouille, nuit de la danse et de la danse, nuit qui engendre des choses qui n'existent qu'entre un excès de bière et l'intention de vider sa poche qui exhale les minerais de sang, cette bouse juchée au rang des matières premières, au commencement était la pierre...

— Nous marchions dans les ténèbres de l'histoire. Nous étions des vaches à lait d'un système de pensée qui tirait profit de notre jeune âge, qui nous écrasait complètement. Nous étions une merde.

— Nous avions un idéal, l'innocence...

— L'innocence, reprit Requiem, éclatant de rire. Tu veux bien dire l'innocence ? L'innocence est une lâcheté. Il faut vivre avec son époque, mon frère.

— Tu n'as pas changé d'un seul cheveu.

— Ici, on ne vieillit pas, on existe tout simplement.

— Requiem...

— Ici, le Nouveau-Mexique, chacun pour soi, la merde pour tous.

Le Tram 83 était du nombre des restaurants et bars à traînées les plus achalandés. Sa renommée s'étendait au-delà des frontières de la Ville-Pays. Voir le Tram 83 et crever, rabâchaient les touristes qui débarquaient des quatre coins de la terre pour expédier les affaires courantes. La journée, ils erraient tels des zombies dans les concessions minières qu'ils possédaient à tour de bras et, la nuit, ils atterrissaient au Tram 83, histoire de se rafraîchir la mémoire. Ainsi l'endroit passait pour un vrai théâtre à défaut d'un grand cirque. Voilà ce qu'on pouvait entendre en bruit de fond.

— J'ai envie de te masser en guise de préliminaires, puis te sucer lentement, sucer tout ton corps, sucer à finir la salive de ma bouche.

Non seulement au Tram 83, mais même à l'université et dans les mines, les femmes libres ne se privaient pas d'accoster les potentiels clients avec les mêmes psaumes.

Ou musiciens par inadvertance ou prostituées du troisième âge ou prestidigitateurs ou pasteurs des églises de réveil ou étudiants aux allures de mécano ou médecins diagnostiquant dans les boîtes de nuit ou jeunes journalistes déjà à la retraite ou travestis ou bradeurs de chaussures de second pied ou amateurs de films pornos ou bandits de grand chemin ou proxénètes ou avocats radiés du barreau ou hommes à tout faire ou ex-transsexuels ou danseurs de polka ou pirates de mer ou demandeurs d'asile politique ou escrocs en bande organisée ou archéologues ou chasseurs de prime à la manque ou aventuriers des temps modernes ou explorateurs à la recherche d'une civilisation perdue ou vendeurs d'organes ou philosophes de basse-cour ou vendeurs d'eau fraîche à la criée ou coiffeurs ou cireurs ou réparateurs de pièces de rechange ou veuves de militaires ou obsédés sexuels ou férus de romans à l'eau de rose ou rebelles dissidents ou frères en Christ ou druides ou chamans ou vendeurs d'aphrodisiaques ou écrivains publics ou vendeurs de vrais faux passeports ou trafiquants d'armes à feu ou portefaix ou brocanteurs ou prospecteurs miniers à court de liquidités ou frères siamois ou mamelouks ou coupeurs des routes ou tirailleurs ou aruspices ou faux-monnayeurs ou militaires en mal de viol ou buveurs de lait frelaté ou boulangers autodidactes ou marabouts ou mercenaires se réclamant de Bob Denard ou alcooliques invétérés ou creuseurs ou miliciens autoproclamés « maîtres de la terre » ou politiciens « m'as-tu vu » ou enfants-soldats ou coopérants à bras-le-corps mille projets cauchemardesques de construction de chemins de fer et d'exploitations artisanales de minerais de cuivre et de manganèse ou canetons ou dealers ou aides-serveuses ou livreurs de pizzas ou vendeurs d'hormones de croissance, toutes sortes de peuplades envahissent le Tram 83, en quête d'un bonheur bon marché.

— Ces messieurs désirent une compagnie ?

À peine seize ans, ficelées dans deux petits bouts de corsets, deux gamines les accueillirent avec un sourire inextricable. Requiem s'arrêta sur celle aux cheveux savane boisée.

— Tes seins étanchent ma soif...

— Monsieur...

— Une séance de massage revient à combien ?

La fille énonça un chiffre.

— Tu sais que la bourse de Tokyo est en chute libre ?

Elle le tint par les poignets...

— Bénéfice égale prix de vente plus prix d'achat moins l'emballage...

Sur la devanture du Tram, un grand panneau : « Déconseillé aux pauvres, minables, incirconcis, historiens, archéologues, lâches, psychologues, radins, imbéciles, insolvables et vous autres qui avez la guigne d'avoir moins de quatorze ans, sans oublier les élus de la douzième maison, les creuseurs désargentés, les étudiants sadiques, les politiciens de la Deuxième République, les historiens, les donneurs de leçon, les mouchards... » Requiem prit le numéro de téléphone de la fille. Ils pénétrèrent dans l'établissement. Rien de spécial dans ce Tram 83. Noir de part et d'autres. On dirait la grotte de Lascaux. Des hommes. Des femmes. Des enfants, avec des verres et des clopes. Au fond, un groupe musical qui massacrait, et sans gêne, un morceau de Coltrane, sans doute *Summertime*. Ils se dirigèrent vers le comptoir. Deux filles aux seins-grosses-tomates les suivirent aussitôt ; ça s'appelle « filature ».

— Vous avez l'heure ?

Rien. Les yeux de Requiem patrouillaient dans les soutiens-gorges. L'une d'elles était la fille qui l'avait accosté à la gare dont la construction métallique...

— Vous avez l'heure ? martelaient les filles-mères, austères et décidées.

C'était une gigantesque tâche que d'identifier toutes les femmes qui pénétraient dans le Tram 83. Elles luttaient avec acharnement contre la vieillesse. Difficile de hasarder une distinction entre les filles de moins de seize ans, appelées canetons, les filles-mères ou celles qui ont entre vingt et quarante ans, désignées filles-mères même lorsqu'elles n'ont pas d'enfant, et les femmes-sans-âge dont l'âge fixe débute à partir de quarante et un ans. Aucune ne voulait prendre une ride. Elles se maquillaient du matin au soir, portaient de faux seins, utilisaient les manières fortes d'aguicher les clients et portaient des noms à consonance étrangère, Marilyn Monroe ou Sylvie Vartan ou Romy Schneider ou Bessie Smith ou Marlene Dietrich ou Simone de Beauvoir, question de marquer leur présence au monde.

— L'horloge de ton père, répliqua Requiem.

Ils prirent la troisième table de gauche à l'angle du comptoir qui offre une vue imprenable et sur les portes d'entrée et sur les jazzmen continuant à prostituer la musique et sur les toilettes et sur le comptoir et sur une rangée de filles-mères, allergiques, agressives, célibataires et matures par-dessus le marché. Requiem, dans ses moments de folie, répétait à qui voulait l'entendre qu'il est préférable pour contrôler la circulation et les livrets de baptême de choisir une table qui permette de maîtriser du regard les espaces précités, récapitulons : le comptoir, les installations sanitaires, les femmes seules, les portes d'entrée, les musiciens, même quand ils se ruent dans les loges pour fumer leur marijuana, les serveuses, les aides-serveuses... Ils restèrent quelques minutes sans s'adresser la parole. C'était faire preuve de courage que d'essayer un dialogue dans ce tohu-bohu créé par une musique défroquée, les huées des touristes et autres parvenus qui s'identifiaient à l'atmosphère, s'extasiant, se trémoussant, susurrant, chialant et sortant de l'argent qu'ils lançaient en direction des musiciens. « Fais-moi un gros câlin... », « Vous avez l'heure », « Je te donne mon corps, enchaîne-moi, fais de moi ton esclave, ta marchandise, ta chasse gardée... » Ce qui alimentait la ferveur de l'orchestre et par conséquent le lynchage de cette belle mélodie... Dans les labyrinthes de la Ville-Pays, on n'écoute pas le jazz pour renifler l'odeur des cannes à sucre ou retrouver la conscience nègre ou savourer la beauté des notes : on écoute le jazz parce qu'il faut écouter du jazz quand on dort sur des billets de banque, qu'on livre quotidiennement sa marchandise, qu'on s'occupe d'une usine d'extraction, qu'on est cousin du Général dissident, qu'on entretient une petite maîtresse qui vous cloue au lit dans des vapes impossibles. Le jazz est un signe de noblesse, c'est la musique des riches et des nouveaux riches, de ceux qui construisent ce beau monde cassé. Ces gens-là n'écoutent pas la rumba qu'ils trouvent sale, primitive et impropre à l'oreille. Entre la rumba et le jazz c'est l'océan, disent-ils. On n'écoute pas le jazz comme on se plongerait dans une rumba à la sauce zaïroise. Le jazz est avant tout un terrain abrupt, une falaise qu'on ne peut gravir que si on possède une idée sur ses origines, son développement, ses grandes figures... Le jazz n'est plus l'histoire des nègres. Il n'y a que les touristes et ceux qui apprivoisent la monnaie pour connaître le soubassement de cette musique. C'est la seule identification à une certaine bourgeoisie, la bourgeoisie de la dernière heure. Par conséquent, lorsque les musiciens jazzent, tout le Tram 83 quitte sa maladie du sommeil. Au moindre saxophone, le grand déguisement. Les creuseurs et les étudiants épousent les manières des touristes. Ils regardent, sourient, soulèvent le verre-à-bière, marchent, ouvrent la piste, hèlent les serveuses et les aides-serveuses à la manière des touristes, prennent l'allure altière des samouraïs, la gestuelle d'un maharadja, l'assurance du dalaï-lama. Les poulettes, les serveuses et les aides-serveuses ne se laissent pas subjuguer. Sourire de la reine d'Angleterre, elles miment des impératrices imaginaires. Le jazz est le seul levier dont se sert toute la racaille du Tram 83 pour changer de classe sociale comme on changerait de métro.

— Moi, vous, l'amour, c'est moi, faites-moi l'amour, toi et moi, l'amour-faire...

Les deux compagnons se regardaient sans mot dire. Lucien s'étonnait de la lenteur bureaucratique du service. Requiem détenait le mot de passe, le code de la route, la pièce jointe, l'énigme. Les serveuses et les aides-serveuses, pour se donner de l'importance, traînaient les pieds, boudaient et agaçaient la clientèle.

— Vous avez l'heure, insistaient debout d'autres jeunes femmes, à la rescousse des deux premières, poitrines proéminentes, aptes aux séances de massage, aux câlins et autres ingrédients de nuit.

Un couple authentique, postcolonial, s'assit à côté d'eux. L'homme, on lui aurait donné vingt ans, les mains fouillant le buste de sa conjointe, une dame de soixante-dix-huit ans, confirmait Requiem, qui récitait son bréviaire. « Tu as un sourire qui me déstabilise intensément, je t'aime le jour et la nuit, je t'aime le lundi, le mardi, le mercredi... » Il ne pouvait être qu'étudiant ou fonctionnaire dans une petite boîte en faillite. Dans ce territoire d'Afrique équatoriale, la jeunesse est un gaspillage. Les moins de trente-cinq ans sont potentiellement rancuniers, xénophobes, escrocs, bonimenteurs et capables d'user de n'importe quel stratagème, le jazz ou le mariage d'équilibre, pour se sortir de l'enfermement qu'est la misère.

— Le phénomène de rééquilibrage, de correspondance et d'intégration corporelle se rapporte aux deux instances, poursuivit Requiem, entre deux clopes. J'ai dirigé pendant quelque six mois une agence qui facilitait les rencontres entre jeunes hommes et femmes adultes, ou canetons et touristes.

— Vous avez l'heure ?

— L'horloge de ton père...

On fumait à boulet rouge. On s'identifiait au jazz. On se tripotait dans le noir. On appréhendait les filles-mères... Enfin, une serveuse vint, visage renfrogné. Elle posa méchamment, à même la table, les deux bouteilles de bière qu'elle était censée leur servir depuis une heure et quart. Ils réglèrent l'addition mais elle resta plantée là à attendre son pourboire. Ils firent comme si de rien n'était. Elle comprit la stratégie, qu'elle contre-attaqua savamment. Elle se refusa à décapsuler la marchandise. Lucien sortit une pièce mais Requiem le retint par la main.

— Règle numéro 1 : ne te laisse jamais intimider par une serveuse frappée d'hystérie. Nous ne sommes pas à Moscou. Ici, le pourboire est obligatoire. Mais nous qui connaissons le Nouveau Monde, nous faisons exception. Nous anéantissons tout pourboire exigé avec force. Elles n'ont qu'à porter plainte, les serveuses ! Les mines et leurs touristes me connaissent, ils me connaissent, les touristes et les mines.

Elle ne l'entendit pas de cette oreille.

— Gigolo !

— Le pourboire est un archaïsme, je donne quand je veux.

Pour clore le dossier, ils décidèrent d'ouvrir les bouteilles à coups de canine. Vexée, elle insulta, menaça avec un canif, ramassa les verres et disparut. Ils commencèrent à boire au goulot. Les musiciens continuaient leur randonnée, les touristes aussi, le jeune homme et sa femme-sans-âge, les filles aux seins-mandarines cabrées sur leur seul et unique cantique :

— Vous avez l'heure ?

— Peut-être...

Lucien sortit son calepin, écrivit : « Ceci n'est pas un bar. Où iront-ils se défouler lorsqu'il n'y aura plus de femmes à portée de leurs fantasmes ? Où iront-ils déposer leurs semences ? Où iront-ils noyer leurs déboires lorsqu'il n'y aura plus où se saouler la gueule ? Où iront-ils se déhancher lorsqu'il n'y aura plus de salsa ? La salsa et le jazz ne sont pas éternels, que feront-ils pour s'identifier aux touristes azerbaïdjanais ? »

Requiem recevait des coups de fil auxquels il répondait, avant de poursuivre : « Bonsoir monsieur, bonsoir lieutenant, Madame désire, bonsoir citoyen, règle numéro 10, toucher-jouer, quitte ou double, qui perd gagne, ici la légende raconte que la Ville-Pays meurt debout, Monsieur est belge ? »

Au fil des bières, ils s'arrimaient à une évidence. Les ressacs leur avaient frayé le passage. Ils ne pouvaient plus chanter dans la même chorale. Ils n'étaient que deux espèces de vie égarées dans une ville devenue pays par la force des kalachnikovs.

— Pourboire !

L'armée gouvernementale et les rebelles dissidents se battaient à longueur de journée. Pour remettre le train sur les rails, la Communauté internationale avait soutenu les dix-neuf conférences nationales souveraines qui avaient accouché d'une chauve-souris. Le gouvernement central, malgré ses soldats formés en Chine, au Soudan, en Angola et à Cuba, n'était pas parvenu à tordre le cou à la rébellion. Celle-ci reprochait au gouvernement central de se garder la part du lion. Sans notre province, ce pays est une mascarade, tonnait le Général dissident. Nous ne pouvons pas nous contenter des miettes tant que c'est nous qui vous offrons de quoi manger. Les rebelles se battaient à l'aide de flèches, de machettes et de lance-pierres. Ils montaient au front avec un féticheur et observaient toutes sortes de prohibitions censées donner l'invulnérabilité : abstinence sexuelle à durée illimitée, défense de prendre son bain, de manger la viande de bœuf ou de porter des chaussures, etc. Exacerbés par la longueur du conflit, les rebelles se replièrent sur un bout de terre de la province extrêmement riche et objet de convoitise qu'ils nommèrent la Ville-Pays. Comme si cela ne suffisait pas, ils baptisèrent l'ancien territoire national, inutilement vaste, désertique à souhait, traversé par un grand fleuve qui ne servait pratiquement à rien à part se suicider dans l'océan, du nom d'Arrière-Pays.

De toutes les bourses, les peuplades prenaient d'assaut la capitale de la Ville-Pays, la plus petite capitale du monde, constituée tout juste d'un bar, le fameux Tram, et de la gare dont la construction métallique inachevée ramène à la mémoire la figure d'Henry Morton Stanley. La légende regroupe ces peuplades en trois catégories.

Première catégorie : des individus qui vivent le jour dont la plupart sont des fonctionnaires trimbalant de nombreux mois de non-paiement qui leur arrivent jusqu'au cou et dont ils sont les seuls à posséder les statistiques. Même avant la sécession, ils vivaient misérablement.

— Vous avez l'heure ?

La deuxième catégorie est composée des somnambules. Ils craignent, paraît-il, de crever dans leur sommeil. Raison pour laquelle ils s'abreuvent d'une potion qui les garde en veilleuse, de jour comme de nuit. On retrouve dans ce groupe les étudiants, les creuseurs, les canetons, les touristes à but lucratif, les amis et proches collaborateurs de la Dissidence.

Enfin, la catégorie la plus têtue, dans laquelle font cortège les filles-mères, les vendeurs d'organes, les enfants-soldats et leurs kalachnikovs, les apôtres, les serveuses et aides-serveuses de nuit, les musiciens venus de l'ex-Zaïre, les bandits et autres cambrioleurs. Ils dorment pendant la journée. Ils savent, plus que n'importe quel homme, nouer les deux bouts de la semaine. Docteurs honoris causa dans toutes les matières (corruption, drogue, sexe, pillages, minerais, malversations, beuverie...), la nuit est leur principal fonds de commerce.

Les jazzmen se retirèrent sur un morceau de Gillespie, *A Night in Tunisia.*

Trois Nigérians, corps en vrac, verres concaves, cheveux afro, pantalons pattes d'éléphant, chemises à rayures, prirent la relève. Arbre qui cache la forêt, leur seule chanson, *Life cries out, when will you wipe my tears ?*, s'étalait sur treize strophes jusqu'au petit matin.

— Nous sommes partis pour quatre heures de ballade, souffla Requiem, fixant la demoiselle qui les inspectait depuis le balcon.

Les Nigérians, originaires d'Ogbomosho, relataient les péripéties d'une princesse « qui débarqua dans la Ville-Pays par une nuit de janvier, tomba sous les charmes d'un creuseur marié et père de deux enfants. Elle se lia d'amitié avec la femme de son amant qu'elle combla de largesses... » La suite de la saga, à partir de la huitième strophe, demeurerait inconnue de tous puisque en igbo, yorouba et haoussa.

— Pourboire...

— Pourquoi tu vas aux toilettes tout le temps ? Tu risques de pisser ton cerveau.

— Vous avez l'heure ?

Cette suite déclenchait des larmes et des grincements de dents. L'une des composantes de la trinité brisait le plafond de sa voix enrouée par les cigarettes de seconde lèvre électrifiant ainsi tout le Tram. Pendant que les Nigérians chialaient, une fille-mère-seins-à-découvert, munie d'un panier de ménagère, passait entre les tables. Les touristes à but lucratif, les mineurs, les étudiants, les serveuses, les aides-serveuses, les prophètes, les grands prêtres de la Deuxième République refoulés de leur exil doré et les autres épaves de la vie se repentaient, ouvraient les cœurs et lâchaient des pièces.

— Vous avez l'heure ?

Requiem sirotait au goulot, la main gauche fourrée dans son pantalon.

— On n'est jamais à l'abri d'un quelconque empoisonnement, répétait-il comme pour dénoncer les attitudes spartiates des serveuses et aides-serveuses.

Requiem et Lucien continuèrent à vider leurs bouteilles, échangeant des œillades, de brèves phrases, des rires jaunes. Ils n'avaient rien, presque plus rien à jaser après dix années d'éloignement. Ils évitaient d'évoquer Jacqueline... Bizarre tout de même. Lucien, jadis loquace, trébuchait sur ses mots. Par intermittence, il sortait de sa sacoche un calepin. Écrivait le Tram 83 et ses filles aux seins élastiques. Écrivait la puanteur des creuseurs en mal de sexe par-derrière. Écrivait la folie des suicidaires. Écrivait l'angoisse des touristes. Écrivait les salamalecs des canetons.

— Vous avez l'heure ?

Écrivait les jazzmen, les jazzmen nigérians, originaires d'Ogbomosho.

Lucien s'activait désespérément à dialoguer.

— Tu fais quoi, à tes heures perdues ?

— Tu te rappelles notre première sortie, que la salle pleine à craquer...

Requiem restait évasif, discret et grossier.

— Je n'ai que faire de mon passé...

— Tu as une petite amie ?

— Peut-être...

— Le temps passe vite.

— J'aime l'argent...

— Tu travailles durement, à ce que je vois.

— Tu marches sur mes plates-bandes...

— Tu...

— Je n'aime pas ce jazz-là.

— Je suis en train de gratter un texte.

— Le Nouveau Monde, les canetons mangent à la sueur de leurs seins...

— Je suis content de te retrouver.

— Tu me saoules...

Entre-temps, il inspectait les rondeurs qui patrouillaient dans le secteur. La stéatopygie demeurait l'unique canon de beauté. Toutes les poulettes ne juraient que par les fesses brésiliennes. Il fallait posséder ces fesses-là ou rien. Elles prenaient désespérément un breuvage à base de soja, des pilules et la nourriture destinée aux porcs afin d'élargir le périmètre de leurs croupes. Les effets laissaient à désirer : des fesses en forme d'ananas, d'avocat, de ballon de baudruche ou balle de base-ball ; une fesse exagérément plus prononcée qu'une autre, des fesses obliques, carrées, rectangulaires ; des fesses qui pédalent d'elles-mêmes, etc. Une demoiselle s'arrêta. Ils discutèrent en morse, sans doute du tarif. La demoiselle s'éloigna vers les toilettes. Requiem se leva, poursuivit la proie... Les toilettes au Tram 83 étaient mixtes. Les toilettes du Tram 83 n'étaient pas catégorisées selon le sexe ni selon la provenance des touristes. Elles manquaient d'éclairage pour faciliter la danse des corps. Requiem et la fille entrent dans la grotte, ressortent visages tachés de sueur. La jeune femme, jeans moulants, s'active à fermer sa fermeture éclair. Requiem reçoit dans la foulée un appel téléphonique, ordonne « prends la voiture et récupère la marchandise, pauvre con ! »

— Pourboire...

— Vous avez l'heure ?

— Tu fais quoi, à tes heures perdues ?

— Le Nouveau Monde...

— La danse du cheval, je pourrais même te sucer.

— Sucer c'est ma passion.

Un touriste à moitié ivre entra en trombe dans le Tram.

— Regarde celui-là, je l'ai dans ma poche, dit Requiem, en le toisant. C'est toujours bien de détenir les photos de quelqu'un. Je possède ses photos depuis deux ans et depuis deux ans il est devenu mon esclave. Il peut même sucer mon engin si je le veux.

— Quelles photos ?

— Je t'expliquerai. D'ailleurs, je me débrouillerai pour avoir aussi les tiennes.

Le touriste se dirigea vers Requiem et Lucien lorsqu'il les aperçut et les salua avec beaucoup de salamalecs.

— Remplissez l'estomac, mangez à votre faim, buvez à votre soif, dites que c'est en mon nom. Je m'en vais le signaler au patron.

Requiem éclata de rire.

Lucien, les nerfs à l'emporte-pièce, éprouvait des douleurs au niveau de l'abdomen. Le voyage en train l'avait démoli. Il feignait de se tenir droit pour ne pas déplaire à Requiem, qui n'était pas d'humeur à bavarder. Ils vidèrent les lieux sur le coup de l'angélus. Dehors, que du beau monde. Deux créatures proposèrent un marché. « Nous savons réchauffer ! » Lucien balbutia, prétextant la fatigue. Requiem recommanda une potion médicamenteuse. Requiem amadoua les filles qui réclamaient déjà un acompte en raison de ce temps perdu, « à discuter pour rien alors que vous avez envie de nous... » Requiem calma Lucien, qui continuait à se plaindre. Requiem maîtrisa la situation...

— Le Nouveau Monde, le Nouveau-Mexique, l'époque contemporaine...

— Je suis marié.
— L'homme fidèle n'existe pas.
— Mais Requiem...
— Je ne vais pas être désobligeant.
— Pense à Jacqueline...
— Elle n'a qu'à trousser un homme.
L'une des deux filles : nous savons sucer.
Un garçon chargé d'une bassine courut à leur rencontre. Ils se procurèrent des arachides, des citrons, des brochettes, des démarreurs et autres aphrodisiaques. Au loin, entre deux « Vous avez l'heure ? » mélancoliques, les imprécations des creuseurs ; lancée d'un minaret, une fatwa réclamant l'exécution sommaire du propriétaire du Tram 83 ; une machine à sous en plein air, tenue par des Mozambicains ; les vrombissements de guimbardes, les monologues d'une kalachnikov, les lamentations lugubres et nostalgiques d'une chienne en rut.
— Vous avez l'heure ?

3. Chez Requiem avec les filles-mères aux seins-grosses-tomates...

Requiem habitait les Vampires, un quartier bourgeois sur le chemin de la gare en partance pour le centre-ville. Il louait un appartement assez spacieux pour un célibataire des temps modernes. Les Vampires dataient de la période coloniale. Construits pour marquer l'espace, avec des matériaux durables, tuiles en terre cuite, artères parsemées de flamboyants, de sapins et de frangipaniers. Les premiers Européens à investir l'endroit mouraient des suites

— Vous vivez seuls ?

— Oui !

— Nous savons sucer.

des conditions sanitaires et climatiques précaires, comme à leur habitude. Il fallait à tout prix convertir le lieu : élever des murs appropriés, lutter contre le sentiment de l'exil et du déracinement qui nuisait à leurs « transactions », s'esclaffait Requiem, lui qui charriait le sang d'un armateur russe venu chercher fortune dans la canicule des tropiques. Les commérages du Tram 83 de juillet 1972 spéculaient sur ses origines slaves. Les commérages du Tram 83 de février 1982 spéculaient sur ses origines vietnamiennes. Les commérages du Tram 83 de septembre 1992 spéculaient sur ses origines comoriennes. La légende raconte qu'on installa une fonderie pour

— Vous m'appellerez Astrid. Je ne peux pas vivre sans les caresses.

— Émilienne, je suis libre comme l'océan...

— Requiem...

— Parle, je t'écoute.

extraire des lingots de cuivre. Et c'est non loin de cette petite entreprise qu'on avait choisi l'emplacement de la nouvelle ville. Le personnel de la fonderie logeait dans les environs. À une vingtaine de kilomètres de là se développèrent les services administratifs, les finances, la poste... On... Au commencement la pierre, et la pierre, les chemins de fer et les chemins de fer, l'arrivée des hommes aux multiples nationalités, parlant le même patois : le sexe-coltan, ivres de sexe et de l'argent facile, pervers, aventuriers de naissance, aptes à essayer n'importe quel tuyau à condition que ça paie, que ça rapporte de l'argent et du sexe, et encore de l'argent !

— Je ne vais pas baiser. Je suis foutu pour cette nuit.

— Une plaisanterie de mauvais goût.

Vers les années 1910-1920, la ségrégation entre la partie européenne et les populations africaines se traduisit dans les plans d'urbanisme. Les nouveaux venus qui portaient en bandoulière universités, écoles, hôpitaux et églises se gardèrent de rester en ville,

— Le Far West ?

— Pourquoi ?

— Nous sommes de la civilisation du chemin de fer...

— C'est quoi avec mes seins !

obligèrent les seconds, indigènes de leur espèce à vivre dans les faubourgs. Seuls quelques musiciens avec leur répertoire pimenté de gospel d'Afrique australe – Rhodésie du Nord, Nyassaland... – pénétraient les cercles fermés. Idem pour la valetaille et quelques hommes de confiance. Pour des raisons approximatives.

— C'est quoi avec mes seins.

Ils traversèrent à gué une dizaine de rails, longèrent une bonne demi-heure la rue principale, en se tripotant...

— J'aime l'argent. Qui déteste l'argent ?

Arrivèrent. Négocièrent à la hausse puis à la baisse les tarifs. Fumèrent nicotine sur nicotine. Fabriquèrent le ciel en pâture et nuage. Tracèrent même des lignes droites et des angles obliques, en d'autres termes, les plaisirs du bas-ventre...

— Câlins...

4. Les hommes et les vents ont ceci de commun : ils n'ont pas les pieds sur terre. Nomades, ils viennent et ils partent comme les chagrins d'amour, les crispations, les indépendances, les guerres de libération, l'urgence de déféquer dans les escaliers d'un immeuble entre deux délestages.

Lucien sortit du lit à trois heures de l'après-midi. Requiem et les filles avaient déjà pris congé de lui. Tête lourde, secouée par des nausées et des migraines. Lucien éprouvait ce genre de mal-être lorsqu'il prenait un verre de trop. Mais pourquoi diable s'était-il laissé aller à l'ébriété pour conclure avec des plaisirs d'ici-bas ? Il imputa sa fatigue à ces derniers et ses nausées-migraines à l'alcool. Il essaya de marcher. Ses mollets tremblotaient. Impossible de bouger.

— Requiem !

Il le héla. Rien. Son compagnon devait être en train de régler une affaire d'argent. Sinon, pourquoi était-il parti aussitôt, sans se soucier de son drame à lui ? Il se rendormit, les yeux mi-clos...

Lucien était du genre à faire de mauvais rêves. Il en avait fait deux, l'un après l'autre, sans interruption aucune. Il se mit à les analyser. Le premier rêve n'avait rien d'apocalyptique. Une voix de métal à laquelle se greffait la trogne de Jacqueline lui enjoignait de prendre ses paperasses et de grimper dans le premier train en partance pour l'Arrière-Pays, la terre où coulaient le lait et le miel. Et, lui, dans une tenue sans manches, sur une scène de théâtre, rechignait, narguait la voix et la trogne, et parlementait dans une langue qui manquait de *r*, de *z*, de *t*, de *a* et de *s*. Il se défendait, prétextant que sa vie lui appartenait et qu'il pouvait la flanquer où bon lui semblait. Mais la voix et le faciès prenaient une autre allure. Il s'apercevait qu'il n'était pas sur un plateau de théâtre mais dans une barque qui quittait un port embrumé ; entre ses jambes, un chat qui lui léchait le pied gauche.

Il secoua la tête, poussa un cri rauque, attrapa sa mallette, retira son calepin, traça quelques lignes. Il commença à examiner étape par étape les personnages de son rêve. La voix qui aboie, Dieu ou peut-être des mânes en mal de solitude. Il adulait les mânes mais depuis le décès de sa fille, sa vie spirituelle s'était transformée. Pourquoi seulement la trogne de Jacqueline et non pas celle de Requiem ou même d'Émilienne ? Peut-être parce que tu viens de découvrir sa nudité, se disait-il. Même alors, quel rapport ? Et le train qui fait penser à la désertion et à l'exil ? Et la barque ? Et le chat aux couleurs de la Juventus de Turin ?

Deuxième rêve. Comme dans le prologue du premier, il est sur une scène mais de musique cette fois-ci, accompagnant Toumani Diabaté, *Les Variations mandingue*. À la fin d'une chanson, tout le monde, musiciens compris, le supplie de quitter la Ville-Pays. Il se lève dans son rêve pour partir. Où ? Il se rend compte de sa nudité, moite de transpiration, sale. Ses souliers, vêtements, mallette, calepin et mouchoir, disparus ! Il entreprend de cheminer à poil. C'est à cet instant que tout un monde fou commence à le poursuivre, gestes agressifs, proférant menaces et paraboles. Il se penche, arrange l'oreiller, continue à décoder l'énigme. Il soupire et repart pour un autre sommeil, un autre rêve probablement...

Requiem n'était toujours pas de retour. L'homme aux semelles de rails ne rentrait que pour prendre des sous ou en déposer. Ses voisins d'appartement le haïssaient d'un œil et l'admiraient de l'autre. Lorsqu'il rentrait de ses cavales, tout l'immeuble croulait sous son charme de pirate de l'air. Requiem pour un nouveau monde alias Fils du pays alias L'homme et son destin alias Al Pacino alias Le mythe de Sisyphe alias Le fondateur alias Le fondé de pouvoir alias Le roi Nzinga Kubu alias Son Altesse sérénissime alias Ancien Régime alias le Seigneur des anneaux alias Maréchal alias Guide suprême alias Patriarche alias L'Homme intelligent alias Fleuve Zambèze, alias Hitler alias Don Quichotte alias Proto-bantou alias Lino Ventura (de son nom complet Angiolino Giuseppe Pasquale Ventura) alias L'Homme de Néandertal alias Venezuela alias Négritude alias Zanzibar alias Sibérie alias Bertolt Brecht alias Demi-Dieu alias Identité nationale alias Colon alias Polonais alias Que demande le peuple alias Sens interdit alias Obama alias But marqué à l'extérieur compte double alias Dostoïevski alias Le marquis le plus suspect alias Sultan alias Cousin du Général dissident alias Pacha alias Mani Kongo alias Susuhunan alias Raja alias Minangkabao ou Minangkabau (généralement abrégé en Minang, ou improprement appelé Orang Padang) alias Le Négus alias Marché noir alias Hailé Sélassié alias Prince-prévôt de Berchtesgaden alias Maharajadhiraja (qui signifie « Roi des Rois ») alias Shah alias Tika Sahib Bahadur alias Calife alias Émir alias Fatwa alias Freiherr (de l'allemand Seigneur libre) alias Makoko de Mbé (roi des Téké) alias Saigon alias L'homme qui change l'eau en vodka alias L'Héritier légitime et direct du Soundjata Keita alias Balle à terre alias Nouveau-Mexique alias Décalage horaire alias Espace Schengen alias TV5 alias G7 alias Qui a bu boira alias Le Parchemin alias Longue histoire de l'empereur Mao Tsé-toung alias Les oiseaux se cachent pour mourir alias La bourse de Tokyo. Ses titres de noblesse s'apparentaient aux saisons et descentes dans les dédales du Polygone de la mine de l'Espérance.

On le surnommait, par exemple, Mine d'or, lorsqu'il concluait un marché avec les Ossètes du Sud, Balle à terre, pour son sang-froid surtout lorsqu'il était en froid avec la justice, Nouveau monde ou le Yankee le plus impresario lorsqu'il pataugeait dans son anglais qui sentait les bouteilles décapsulées à coups de gueule non loin d'une gonzesse à vous refiler la chaude-pisse, Idéologue lorsqu'il narrait avec verve ses récits de trains qui déraillent avec de la came et que toute la bourgade se sert à son gré et que la bourse de la marchandise baisse et que les boîtes de nuit ouvrent des succursales grâce à cette affaire-là et que les étudiants trouvent de quoi se péter la tête dans leurs grèves sans bout du tunnel et que les creuseurs revigorent leurs corps pour dénicher le plus gros carat de diamant et que les filles aux seins flasques s'achètent des hormones de croissance ou qu'elles adoptent cette hardiesse à vous regarder droit dans les yeux et que les jazzmen trouvent la force de dilapider le jazz et que les touristes profitent des hauts et des bas pour remplir leurs ventres inassouvis et que les lanceurs des fatwas trouvent une justification et que les prophètes nourrissent leurs transes et que des miliciens reprennent les armes pour une dixième guerre de libération et…

Requiem n'était toujours pas de retour…

22 h 30. L'heure d'aller prier. Prier = adorer = immoler ses organes et ses derniers sous en l'honneur des dieux de l'ébriété, de l'infidélité, de l'impuissance, de la débauche, de la fécondation in vitro, de la fécondation in les toilettes mixtes du Tram 83… Il se souleva avec peine. Peste, un autre cauchemar. Il traîna ses pieds jusqu'à la cuisine. Un verre d'eau… Le frigidaire, vide et sale. On ne lui avait pas dit qu'il vivait, Requiem, au rythme des trains qui transportaient les étudiants et les mineurs condamnés à mordre la poussière. Règle numéro 64, laissez-les jouer aux durs, ils tapissent les bas-fonds de la société ; règle numéro 67, les plus puissants écrasent les puissants, les puissants défèquent dans la bouche des faibles, les faibles séquestrent

les plus faibles, les plus faibles s'achèvent entre eux, se font voir ailleurs. La faim l'écrasait. Depuis qu'il avait quitté l'Arrière-Pays, il ne s'était rien mis sous la dent. Il avait sauté dans le premier train, avec du pain rassis, des pommes de terre et des bananes. Les rebelles dissidents les lui avaient confisqués. (Effort de guerre ! Nous, on a faim et toi, tu sers de grenier !) En traversant le salon, il aperçut sur la table une feuille à moitié vide. Requiem avait laissé quelques mots : « Trouve-toi à brouter, une mission impossible à remplir, on se contacte dans la soirée, découvre la ville, vis ! » Il s'allongea sur le divan. Une odeur particulière. L'autre, il avait dormi ici. Il alluma la télévision. Reportage sur l'affrontement ayant opposé les étudiants aux creuseurs dans la gare dont la construction métallique inachevée rappelait les folles années de Léopold II. Pénétra dans la chambre, ses vêtements froissés, sortit son calepin...

Depuis son voyage, il n'avait presque rien ajouté à son texte. Vingt personnages, et évacuer le texte en quelques mois. Pas facile. Il tenait correspondance avec un ami qui vivait à Paris. L'ami prenait des contacts et aurait déjà décroché l'aval de quelques théâtres français où son texte devrait être mis en espace, avant de poursuivre une tournée exceptionnelle vers le Brésil, le Chili et Cuba. Il aurait dû achever le texte depuis quatre mois mais les circonstances l'avaient empêché de recentrer ses personnages.

La première version du manuscrit avait été brûlée. D'ailleurs, c'est lui-même qui l'avait mise au feu. Une kalachnikov sur la nuque et vous pensez qu'il avait le choix ? Ils étaient venus lui rendre visite de nuit et avaient dit, froidement, sous leurs bérets rouges : « Jette ça là-bas et que ça brûle. » Il avait opposé une résistance farouche mais une kalachnikov sur la nuque...

Quelques jours après cet incident, le copain, à Paris, porte de Clignancourt, téléphona pour s'enquérir de l'avancement du texte : « Où t'en es avec ? C'est d'une importance capitale. » Il bégaya une excuse. Dans la vie, c'est une drôle de vertu que de payer soi-même ses pots cassés. Il l'avait fait, mais payer ne signifie pas attraper de l'inspiration et réécrire sa littérature, mot à mot, à une virgule près. Il s'était replié sur ses boyaux, entre la perte de sa fille et la maladie de sa femme, pour réécrire, mais l'ami de Clignancourt téléphonait, rageait, insultait, rappelait : « Tu joues à quel cirque, Lucien ? Je m'embrouille avec les Français et toi, tu coules des grasses matinées ! » Il aurait dû avouer qu'il avait incendié son théâtre-conte parce qu'un pistolet avait été tenu sur sa nuque par un type arborant un béret rouge, que sa fille était morte et ainsi de suite.

Une fille l'aborda dans les ascenseurs.

— Tu dis quoi ?

— Rien.

— Moi, c'est Christelle.

— Oui...

— Chris pour les intimes.

Il était égaré. La faim. La fatigue. La chaleur. L'ami parisien, à la porte de Clignancourt, n'arrêtait pas d'appeler. Les personnages de son texte, qu'il ne sentait plus. Ses rêvasseries. Les chahuts du Tram 83... Requiem, en qui il avait placé sa confiance et qui ne jurait que par le Nouveau Monde.

— J'adore sucer...

Dépassé par les événements, il gardait encore une lueur d'espoir et même de beauté. Intello. Débranché. Barbu. Souliers non astiqués. Cheveux au vent. Mal rasé. Les sondages démontrent que quatre-vingts pour cent des filles s'éprennent de pareils individus. Ça fait exotique, africain, contemporain, Nouveau-Mexique... Les filles préfèrent de plus en plus les hommes qui traînent une histoire louche, un casier judiciaire rempli jusqu'au bord, un passé douteux, un deal avec des touristes venus de Beijing, par exemple.

— Je peux te rendre heureux, dis-moi...

Requiem possédait quelque chose de prophétique. Lucien avait été averti comme en parabole, déjà, à la gare du Nord : « La Ville-Pays est ainsi faite : les filles sont libres, démocratiques et indépendantes. La misère achève la honte et vos signes de politesse. Ici, c'est souvent la fille, qu'elle soit caneton ou le contraire, qui prend les initiatives. Elle t'insère dans sa stratégie. Elle te regarde droit dans les yeux. Elle demande ton nom. Elle te dit que tu as un beau corps et que ta voix suscite en elle la chair de poule. Elle te téléphone, te retéléphone... Elle s'accroche à toi comme une sangsue... Mais pas toujours par amour et autres affections. Elle te colle à la peau parce que tu paies à boire (et dire le prix de la bière au Tram !), à manger (au-dehors du Tram, des restaurants ambulants à civet de chien domestique, manioc et riz fumé aux oignons) et puis après le lit, tu lui donnes un peu de sous pour le travail accompli, transport, ainsi de suite. C'est la fille qui vous indique la marche à suivre lorsque vous baisez. Elle contrôle le bazar de la Genèse à l'Épître aux Corinthiens, mets ta jambe comme ça, pose ta main droite sur mon ventre, fais comme si j'étais ton cheval, caresse ma carrosserie, recule, avance, recule, avance doucement, stop, commence maintenant à me caresser les cheveux... »

— Mon nom, Lucien...

— Tu habites chez le Premier Homme ?

— Qui c'est, le Premier Homme ?

— Requiem.

— Depuis hier.

— C'est ton frère ? J'entrevois une ressemblance. Il radote que son frère vit et travaille au Pérou.

La fille s'était approchée de lui, collait presque à ses hardes.

— Pérou...

Il sourit...

Elle plaqua sa tête sur son épaule gauche.

— Pérou...

— Tu corresponds au signalement...

Noir. Christelle poussa un petit cri. Panne d'électricité, communément appelée « délestage ». Il resta calme, l'air soucieux.

— Mon cœur me disait de ne pas prendre les ascenseurs. Le délestage rivalise avec l'angélus et le monsieur du minaret.

— ...

— Que fais-tu dans la vie ?

— Moi ?

— Tu n'as pas la trogne d'un imbécile. Prof d'histoire...

— Ex...

— Tu n'as pas honte ?

— Pourquoi ?

— C'est une perte d'énergie. Nous, on vit au présent. Et puis tu fais comment pour manger ? Les étudiants sont toujours en grève et ça dure des années !

— Tu travailles ?

Les habitants de la Ville-Pays bredouillaient lorsqu'on les interrogeait quant à leur profession. Ton haut. Réponses évasives. Pincements de paupières. Regard diffus et incertain comme les trains qui partent et ramènent les creuseurs et les étudiants. Ils chient dans le train, ajoutait Requiem, presque en larmes, comme s'il était touriste ou cousin d'un touriste.

— Bien, je suis sur une affaire ?

— Détective, dit-il, ironisant.

— Juste un bon tuyau.

Du bruit dans tout l'immeuble. Le courant revint... Christelle, Chris pour les intimes, profita de la situation, changea de conversation.

— Je t'invite ce samedi, à notre coupé-décalé-party, t'es libre ?

— Non.

Ils se séparèrent en bas, ravis d'avoir fait connaissance.

— T'as pas un rond sur toi ?

— Je suis pauvre...
— Marié ?
— Pas tellement.
Il avait quelque peu maîtrisé le chapitre discussion avec une jeune femme qu'on croise dans les ascenseurs. Requiem lui avait filé le code : « Reste, essaie par tous les moyens de rester dans l'entre-deux, froid et mélancolique. »
— Tu m'aimes ?
Il traversa la rue.

5. Deuxième nuit: la nuit portait ses maillots de bain et ses tricots de corps qu'elle oubliait d'essorer.

Des guimbardes en panne d'essence, des produits surgelés venus des îles Galápagos, des bibelots, des ventilateurs, des vidanges, des moutons, des sarcasmes, des corbillards sur le qui-vive, des œufs contaminés à la mélanine, des reliques, des minarets à perte de vue, des bistrots, des boulangeries-charcuteries-lingeries-poissonneries-scieries, des cabines téléphoniques, des cybercafés, des casiers judiciaires, des flaques d'eau stagnante, des sacs-poubelles à la merci des mendiants, des chiens sans maître, des passages interdits, des montagnes d'immondices, marché noir de la marchandise et ses dérivés, des discothèques, des locomotives à l'abandon, des églises « chrétiens nés de réveil », des combats de coqs, des règlements de comptes, des galas de boxe, des moustiques résistants à tous les pesticides, des huées, des chariots, des poules mouillées à la solde des affreux, des pithécanthropes, des blanchisseries, des désirs, des breuvages, des veuvages arrangés de femmes de militaires portés disparus, des teignes, des quolibets revus et corrigés par la presse étrangère, des rêvasseries de rebelles dissidents prêts à ouvrir un autre front pour une histoire de gisement de pétrole, des potions magiques pour soigner des maladies sans nom, des ressacs et des ressacs, des anthropophages, des saignants, des canetons avec leurs « vous avez l'heure ? », des colosses aux pieds d'argile, des fumoirs, des palimpsestes, des cathédrales, des récidivistes en garde à vue libérés sous caution qui retournent sur les lieux du crime avec l'arme du crime, des tapisseries orientales, des suicidaires, des allées et venues de trousseurs d'hommes à poil, des bêtisiers, des superflus, des prolégomènes, des regards sombres, des érections paraphrasées-canalisées dans des papiers mouchoirs... La nuit venait avec ses maillots de bain et ses tricots de corps qu'elle oubliait d'essorer.

Toutes les nuits ont ceci de particulier. Elles sont longues et populaires.

Elles grouillent de populace. Elles obstruent la conscience et accumulent la névrose. Elles emballent à faire confondre une paillasse avec une horloge. Elles viennent du cœur, improvisent, facilitent de multiples accords de partenariats entre corps étrangers.

Lucien marcha droit devant. Il traversa deux ruelles. Il s'arrêta un moment au rond-point des Industries pour reprendre son souffle. Se jeta dans la première gargote.

— J'ai faim, monsieur.

— Vous prenez quoi ?

— Une soupe bien chaude, suivie de rognons de veau au coulis de poivron.

— Désolé, monsieur, ici on bouffe chinois.

Il tremblait, pareil à un gamin qui apprend à voler à la tire. Il n'avait qu'un seul souci : remplir son estomac.

— Désolé, monsieur...

Règle numéro 34, la faim, attention ! On a vu des bambins à peine sevrés prendre en otage des trains, y compris la marchandise et tout ce qui bougeait dedans et dehors. Cause lointaine : la faim qui dilapide toute possibilité d'évasion. Conséquence immédiate : vol à main armée avec bain de sang.

— Une soupe, deux bols de riz avec n'importe quelle sauce...

Il s'assit. On le servit dans une espèce de gobelet.

— Bon appétit, monsieur.

Son gosier éclatait en musique au rythme des bouchées. Sa chemise se constellait de taches, qu'importe ! Les gens le dévisageaient en train de finir son assiette comme un dératé.

— Mon pourboire, monsieur...

Lucien sortit comme il avait envahi l'endroit, en trombe. Il pénétra les ténèbres en quête d'un bonheur inconnu. Il ne pensait à rien... Il prenait des rues au hasard. S'arrêtait pour admirer des jongleurs publics.

— Vous avez l'heure ?

Il soliloquait. Il tâtait du doigt les brumes de son passé. Il enjambait les dormeurs à même le trottoir. La ville se peuplait de ces garçons qui détenaient le record du sommeil le plus long. Les gamins se droguaient et traversaient ainsi des semaines sans voir la lumière du jour. (Quelques femmes osèrent imiter la stratégie.

Elles ne tinrent pas longtemps. Elles furent violées, tout simplement abusées dans leur long sommeil.)

Il enviait ces gamins. S'il pouvait s'armer de courage et en faire autant ! S'il était ce jeune homme, couvert de gadoue de la tête aux pieds. Peut-être était-il plus heureux que ces gens qui cachent des crispations et veulent assumer des situations qu'ils ne maîtrisent plus.

— Tu m'aimes ou tu ne m'aimes pas ?

La Ville-Pays appartient aux territoires ayant déjà franchi le cap des souffrances intérieures. On partage le même destin, la même histoire, la même galère, les mêmes trains, la même pourriture, la même bière du Tram, les mêmes brochettes à base de chien, la même intrigue dès qu'on arrive au monde. Tu débutes caneton ou biscotte ou enfant-soldat. Tu passes étudiant en grève sans bout du tunnel ou tête brûlée... Si tu as de la famille dans les trains, tu travailles dans les trains ou sinon, tel un navire, tu échoues au bord de l'espérance, suicidaire, coupeur de route, creuseur aux dents sales, mécanicien, dormeur public, commissionnaire, garçon de courses des touristes à but lucratif, vendeur à la criée de cercueils de seconde main... Le destin vous est déjà scellé, le parcours tracé d'avance... Destin scellé comme celui des locomotives transportant des moribonds et des marchandises avariées.

La mort ne possède aucune signification puisqu'on n'a jamais réellement vécu. On triche avec la vie. On invente une vie de pacotille. On invente la vie à partir des cassettes de film porno. C'est la seule chose qu'on peut se procurer facilement dans la Ville-Pays. Alors pour sortir de la monotonie, fièvre, maladie du sommeil, séisme, choléra, éboulement, à l'exception de ceux qui traînent au Tram 83, tout le monde se met au porno américain ou au porno russe, vive la globalisation, vive le porno américain, vive le porno russe !

— Vous avez l'heure ?

— Non.

— Les préliminaires sont importants mais leur donner beaucoup de crédit c'est tuer l'amour.

Il s'arrêta, improvisa une conversation avec un enfant qui vendait des goyaves, à cette heure tardive de la nuit,

— T'es un touriste ?

— Pourquoi ?

— Parce que ce sont les touristes qui nous parlent gentiment, prennent des photos de nous qu'ils vont vendre chez eux.

— Je ne suis pas...

— Donne-moi de l'argent.

prit un taxi-moto, direction le Tram 83.

6. Rencontre au Tram 83 avec un éditeur tombé du ciel...

Lucien pénétra vers les trois heures du matin dans le Tram 83. Des hommes aux multiples prononciations, toujours les mêmes. Idem des filles-mères, en abrégé des femmes. Noir. Un orchestre dépêché d'Acapulco exécutait un opus de Marvin Gaye, revu et corrigé. Les instruments tenaient à peine debout. Deux gaillards à la batterie. Trois à l'attaque-chant. Deux chevelus aux guitares solos. Un saxo. Et lui-même le grand manitou de la bande, en bretelles, se compliquant le quatuor vocal de base (tantôt soprano, tantôt alto, tantôt ténor, tantôt basse et deuxième voix). Lorsqu'il élevait la voix, une jeune tigresse presque nue s'avançait, stratégie pour posséder le public déjà acquis. Euphorie... Et, oui, ils parvenaient sans le moindre effort à électriser la salle. Personne aux jeux de paume. Personne au bowling. Personne au poker. Personne aux échecs. Personne même aux installations sanitaires. À l'université avec Requiem, ils appliquaient la même méthode. Avant le spectacle proprement dit, un dessert : soit un numéro de cirque, soit une demi-partie de strip-tease, exécutée par cinq bénévoles. Ça faisait grand bruit.

Extasiés, les étudiants se déshabillaient, grimpaient sur les hauteurs de la scène et juraient le bonheur des fruits défendus. Requiem, alors bon, très bon comédien, ne digérait pas l'idée de tendre la main au public. « Du gâchis, s'écriait-il avec véhémence, nous sommes venus pour des textes et non pas pour des séances orgiaques de quelque nature ! » Bien sûr que le Requiem dans sa jeunesse était une autre musique, calme, sincère et dévouée. Le temps fabrique des brutes qui n'attendent que le moment opportun pour dégainer leurs pistolets. Cela ne veut pas dire que Requiem était une brute, nuance oblige.

— Vous avez l'heure ?

Lucien se dirigea vers la table qu'ils avaient occupée la veille. Un monsieur, genre proviseur, la cinquantaine révolue, avait déjà pris place. Seul avec des cigarettes et une bonne rangée de bouteilles, signes précurseurs d'un alcoolisme invétéré. Lorsqu'on prenait sa cuite, on ne retournait pas les vidanges, question d'éviter des malentendus. Les serveuses et aides-serveuses avaient coutume de dire dix au lieu de trois à cinq bouteilles. Pas étonnant de trouver un gars, cinquante bouteilles vides sur sa table et à même le sol.

— Bonsoir monsieur. Je peux m'asseoir ?

Debout devant le monsieur, apparemment très sympathique.

— Comme tu veux !

À peine assis :

— D'où viens-tu ?

— Des Vampires...

— Et avant, je veux dire, avant les Vampires ?

Lucien balbutia. Se souvint de son ami, porte de Clignancourt, qui se torture à contacter les théâtres parisiens et lui là, en train d'assister à un concert bâclé. Se souvint de la fille des ascenseurs. Se souvint de cette panne brusque.

— J'arrive de l'Arrière-Pays...

Le monsieur redoubla de curiosité. Croisa les doigts comme pour invoquer les divinités supérieures. Un bracelet en or à son poignet gauche, Lucien devina la carrure pécuniaire de son interlocuteur. Sois sage, peut-être qu'il t'aidera à sortir de la galère, réfléchit-il, à mi-voix.

— Comment ça ?

— Je suis de passage. Je ne sais pas si je vais prolonger mon séjour...

— Je vois bien que la vie t'est douce, ici.

Il lui dit cela avec l'orgueil d'Archimède découvrant son « tout corps plongé dans un fluide au repos, mouillé par celui-ci ou traversant sa surface libre, subit une force verticale, dirigée vers le haut et égale au poids du volume de fluide déplacé ».

— Oui, je me plais bien.

L'image de son copain, porte de Clignancourt, traversa la cervelle de Lucien une deuxième fois. Moi, Les Francophonies en Limousin, le Tarmac et autres théâtres parisiens, les contacts au Brésil et toi, tu te plais bien avec ce type qui te bourre de questions ?

Il soupira.

— Vous avez l'heure ?

Un orchestre venu d'Amazonie, composé d'Indiens, s'apprêta à monter sur scène. L'interrogatoire se poursuivait. Le monsieur était sûrement quelqu'un d'influent. Il voulait tout savoir et fallait pas l'irriter. Qui sait, peut-être son futur bon Samaritain ? Les bonnes volontés, on les découvre même dans la fosse aux lions. À chaque réponse, sa curiosité fermentait.

— Une vie de couple ?

— ...

— Divorcé ?

— Non.

— Tu es dans quoi ?

Il hésita à poursuivre.

— Je suis titulaire d'un diplôme de licence en histoire.

En catastrophe, l'interlocuteur déposa son verre à même la table et s'égara dans un fou rire. Comme si cela ne suffisait pas, il quitta sa chaise, s'avança de quelques pas, demanda aux musiciens de baisser la voix et pointa Lucien du doigt :

— Chers amis, vous ne me croirez pas, l'homme que vous voyez est un historien !

Hilarité générale.

Tout le Tram en chœur unique :

— Tu n'avais rien à foutre ou quoi !

Puis en chœur dispersé :

— Et tu gagnes ta vie avec l'histoire ?

— Regardez où ça peut mener à force d'imiter les touristes !

— Vous étudiez aussi les filles ou c'est seulement l'histoire ?

— Vous nous faites la honte vous qui pataugez dans l'histoire de l'art !

— Moi, je vais me jeter sur les rails si papa veut à tout prix que j'étudie les histoires, s'exclama un bambin d'à peine dix ans qui accompagnait son père.

Il retourna à sa table et s'excusa à peine auprès de Lucien qui ne comprenait toujours pas ce qui venait de lui arriver.

— C'était plus fort que moi. Je ne pouvais pas m'imaginer qu'il y avait encore des têtes pensantes dans la Ville-Pays. Ce pays est par terre, tout est à reconstruire : les routes, les écoles, les hôpitaux, la gare et même l'homme. Nous avons besoin des médecins, des mécaniciens, des charpentiers, des éboueurs mais surtout pas des rêveurs !

— Vous avez l'heure ?

La musique avait repris de plus belle. Lucien n'avait plus le courage de toiser l'homme qui venait de l'humilier. Il cherchait, par contre, à se dédouaner.

— On ne peut rien contre une passion. Mais je ne suis pas qu'historien. Je suis aussi écrivain...

Un voisin de table s'invita dans la conversation :

— Écrivain ou historien, c'est du même au pareil !

— Je suis dans l'écriture, insista-t-il.

— Écriture. Écriture. Écriture...

Son interlocuteur prononça ce mot d'une voix gutturale. Il resta circonspect comme victime d'une apparition. Lucien resta sur ses gardes de peur d'être tourné en bourrique une deuxième fois.

— Je suis écrivain mais...

— Jeune homme, tu as devant toi Ferdinand Malingeau, directeur des Éditions Trains de Bonheur.

Lucien resta muet. Il sentit comme un soulagement. Les aides-serveuses et les serveuses rechignaient à apporter leur satanée bière, qui, d'ailleurs, restait dans les installations mixtes : règle numéro 94, réalité de la vie, quand on boit, on pisse et, quand on pisse, ça reste votre bière dans vos W-C. Lucien se remémore Requiem. Je préfère pisser chez moi. Il voulait commander une bière mais nul regard ne se posait sur lui. Il fallut l'intervention directe des Éditions Trains de Bonheur pour décanter la situation. Enfin, la première bière... L'aide-serveuse arriva, fâchée. Posa abruptement la boisson. Se tint à l'écart, tire-bouchon à la main. Quelques secondes... Elle se décida, ouvrit la marchandise, un seul verset :

— Pourboire !

Lucien sortit un billet.

— Voilà.

Elle arracha la monnaie, tourna le dos sans mot dire. La circulation s'intensifiait. Nos amis indiens, interprétant une cantilène contre les réchauffements climatiques, le travail des enfants dans les mines, la déforestation et le braconnage des tilapias, des pythons, des piranhas et des rhinocéros blancs, semaient la panique dans le commun des mortels. Les femmes fondaient en larmes. Les hommes, touristes ou autres marginaux pris au dépourvu par les tristes événements de l'existence, secouaient la tête en signe de repentance.

Lucien roulait la tête dans l'espoir d'apercevoir Requiem.

— Depuis combien de temps dans l'écriture ?

— Vous avez l'heure ?

— Une dizaine d'années.

— Vous écrivez sur quoi ? Sur qui ? Public visé ? Attentes ? Combien d'exemplaires ? Prix littéraires ? Quel genre ?

Il se sentait dans un étau. Les questions fusaient de partout. Il n'avait même pas avalé une gorgée !

— Un texte en chantier ?

Il fallait répondre dans l'espoir d'une publication aux Trains de Bonheur.

— Disons un théâtre-conte qui traite de ce pays dans une perspective historique, « L'Afrique des possibles : Lumumba, la chute d'un ange ou les années du pilon-mortier ». Il y a de fortes possibilités que ce texte soit en lecture en Europe. Avec comme personnages Che Guevara, Sékou Touré, Gandhi, Abraham Lincoln, Lumumba, Martin Luther King, Ceauşescu, sans oublier le Général dissident.

L'éditeur commanda un verre de rhum et des glaçons. Allées et venues aux toilettes, filles-mères, canetons, étudiants, employés de bureau, touristes, musiciens, prophètes, jongleurs, anciens forçats...

— Je ne suis pas communiste. Je n'accroche pas. Je sais que Lumumba est une figure emblématique de l'indépendance au Congo-Zaïre mais j'estime que le mieux est de camper à la place de Lumumba nos propres héros, un maquisard qui a payé le prix pour cette ville au lieu de s'embrigader dans l'histoire du Congo-Zaïre. Et puis le Congo aux Congolais, laisse cette partie d'histoire aux dramaturges de ce pays ! Ici, comme à l'Arrière-Pays, il y a sûrement des hommes qui ont marqué leur temps. Laisse ces grands hommes reposer dans la dignité ! Pense à des textes qui parlent chemins de fer, mines ou je ne sais quoi.

— Laisse-moi t'expliquer...

— Ou sinon tu te limites à produire un essai au lieu de mélanger les genres.

— Je suis historien de formation. Je pense, à moins de me tromper, que la littérature mérite une place de choix dans la mise en forme de l'histoire. C'est par le chemin de la littérature que je peux rétablir la vérité. Je me propose de reconstituer la mémoire d'un pays n'existant que sur papier. Fantasmer sur la Ville-Pays et l'Arrière-Pays dans une perspective de remontée mémorielle... Les personnages historiques sont mes balises. Mais les canetons, les creuseurs, les étudiants faméliques, les touristes et les...

— Ce discours, je l'ai déjà entendu... On en a déjà assez de la misère, de la pauvreté, de la syphilis et de la violence dans la littérature africaine. Regarde autour de nous. Il y a de belles filles, de beaux hommes, de la bière-de-Brazza, de la bonne musique... Est-ce que tout cela ne t'inspire pas ? Je suis inquiet pour l'avenir de la littérature africaine en général. Le personnage principal dans le roman africain est toujours célibataire, névrosé, pervers, dépressif, sans enfants, sans domicile et traîne toutes les dettes du monde. Ici, on vit, on baise, on est heureux... Il faut que ça baise aussi dans la littérature africaine !

Lucien profita de la verve de son interlocuteur pour sucer sa première mousse. En soulevant son verre, il entrevit les deux filles d'hier qui de loin les zieutaient. Le pauvre, il tenta un geste amical. Les filles-mères prirent le geste pour un code, descendirent sans se faire prier.

— Ton théâtre-conte m'intéresse...

Les Amazoniens sortirent par la petite porte, les aides-serveuses, les creuseurs, les prophètes... le public, qui venait d'essuyer ses larmes de crocodile, les avait priés de libérer la scène.

— Vous êtes beaux, bonsoir d'abord.

Les deux filles s'installèrent... Un groupe de rap se mit à foutre le feu à la baraque. Les rappeurs, ex-étudiants, ex-rebelles, ex-creuseurs, grincheux et malfamés, criaient, gémissaient, aboyaient, marchandaient, jacassaient...

— Je vais organiser une lecture-spectacle. Les Éditions Trains de Bonheur ont l'honneur de vous présenter... tu l'appelles comment déjà, ton théâtre-conte ?

— *L'Afrique des Possibles : Lumumba, la chute d'un ange ou les années du pilon-mortier...*

— En cette soirée grandiose, les Éditions Trains de Bonheur ont l'honneur et le réel plaisir de vous présenter Lucien, un auteur contemporain, dont l'œuvre apprend à franchir les murs, les rails, les guerres et les océans, et qu'elles publieront, un de ces quatre matins.

— Vous savez...

— Je suis suisse, de père et de mère. De toute façon, tôt ou tard, tu l'aurais su. Je préfère te le dire avant une quelconque collaboration. C'est pour éviter l'amalgame. Tous ces blancs que tu vois ici ne sont pas forcément suisses.

D'un air rêveur, tendant légèrement son cou, voix enrouée comme quelqu'un qui est dans les W-C et qui ne veut pas qu'on le dérange, l'homme enchaîne :

— Certains sont mêmes plus africains que vous autres. Je veux dire, ils adorent l'Afrique...

Les deux demoiselles se regardaient, avec les aides-serveuses et les serveuses, en chiennes de faïence. Elles possédaient les mêmes envies, les mêmes pouvoirs, les mêmes libérations, les mêmes ardeurs, les mêmes jalousies... Les rumeurs à dormir debout en vadrouille rue des Transitions, rue de la Conférence Nationale Souveraine et rue de la Démocratisation, confirmaient les hypothèses selon lesquelles, lors des affrontements de 1990, beaucoup d'hommes avaient péri, d'autres étaient entrés sous les drapeaux. Conséquence : plus de femmes que d'hommes pour qui les filles aux seins-aubergines, les aides-serveuses et les serveuses se querellaient becs et ongles.

— Vous avez l'heure ?

L'éditeur questionnait. L'éditeur racontait. L'éditeur expliquait. Lucien, qui se voyait déjà sur les rayons d'une bibliothèque, ne sirotait même pas sa bière. Il sortait son calepin, écrivait ses bêtises.

— Comment as-tu deviné que je ne suis pas du coin ?

— Très simple. Bonsoir monsieur. Je peux m'asseoir ? Et puis le pourboire à la fille. Ici, on pose sa croupe. Point à la ligne !

— Vous paraissez absorbé par votre entretien !

— Sont-ce vos amies ?

Elles se présentèrent, abruptement.

Les rappeurs continuaient à râler.

— Vous avez l'heure ?

La causerie se poursuivit encore pendant un long bout de temps. Les deux filles, qui affichaient toutes sortes de grimaces, s'apaisèrent... « L'eau chaude finit toujours par refroidir », disait Requiem, reprenant un musicien zaïrois. Règle numéro 17, ne t'affole pas devant nos filles, elles n'ont plus d'autre alternative que de se prosterner ; les dernières statistiques confirment ce que nous savons tous : les filles sont plus nombreuses que nous, balle à terre, balle à terre, balle à terre... Malingeau se retira avec le carnaval. Chaque samedi, des touristes brésiliens improvisaient un carnaval qui desservait les coins les plus chauds de la Ville-Pays.

— J'adore le carnaval ! Lundi, même heure, pour parler de ta lecture et sans doute d'une publication.

— Vous avez l'heure ?

Entre-temps, des musiciens de l'Association internationale du Congo, dreadlocks, souliers astiqués, costumes bigarrés, gestes mécaniques, français approximatif... Lucien resta avec les filles à parler de l'amour, des chansons que fredonnaient les gars qui ployaient les reins lors de la construction des chemins de fer, des canetons, des mineurs pris au piège par les éboulements, de l'argent facile, du Nouveau-Mexique, de Los Angeles, Dallas, Philadelphie, Brooklyn, Lagos... Sa fatigue, ses nausées, ses soucis avaient disparu. L'éditeur incarnait l'espoir, le début de quelque chose. Les deux filles-mères le félicitèrent pour son show qui pointait à l'horizon. Astrid accompagna un type qui pleurait à chaudes larmes pendant que les Amazoniens se lamentaient. Avec Émilienne, en amoureux, ils gagnèrent les rails, la rue principale, le quartier des Vampires, en se tripotant. Si le bonheur avait un nom, il s'appellerait Tram 83.

7. La stratégie consiste à résoudre intelligemment une situation donnée...

Au bas de l'immeuble, une atmosphère de salsa. Des jeunes filles en fleur médisaient sur Christelle. Des bambins jouaient à la marelle. De jeunes adolescents se susurraient leurs premières relations sexuelles. Des chiens, des chats, des poules, des chèvres sans laisse... Ce n'est pas du tout mauvais de s'acharner sur un caneton ou de jouer à la marelle ou de discuter entre potes. Mais le faire à trois heures du matin, cela dénote l'amateurisme, pour des gens qui sont censés se réveiller à quatre heures pour ne pas rater le seul et unique train qui parcourt la Ville-Pays. Il passa avec la fille à côté d'eux. Hautains, ils attendaient une salutation de sa part. L'arrogance n'a pas d'âge. Lucien lâcha des bonjours et des bonsoirs. Ils ne répondirent pas. Lucien ne se doutait pas de ces mièvreries. S'il avait fait le premier pas, c'était juste par formalité. Mais les gamins boudaient parce qu'ils détectaient à sa nonchalance qu'il n'était pas du pays. Ils ne supportaient pas qu'un individu s'amène à l'immeuble avec des filles alors que la moitié de la population de l'immeuble était constituée de filles qui attendaient – comme on attend le Christ, soulignait Requiem – un cavalier.

Lumière dans l'appartement. Requiem était déjà de retour. Il se convulsait sur le divan. Il se plaignait de douleurs atroces au niveau de l'abdomen. Il gémissait, la voix cassée par une cuite ou une discussion avec des creuseurs qu'il employait. Entre deux rictus, Requiem, dit le Négus, toisait Émilienne.

— Ta journée ?

— Bien. Très bien même. J'ai rencontré un éditeur...

— Un éditeur ?

— Un certain Ferdinand Malingeau.

— Le salaud !

— Tu le connais ?

— Peut-être...

Lucien et Émilienne voulurent pénétrer dans la chambre à coucher. Mais Requiem manigança. À force de grimper sur ces trains de malheur, l'homme devient un animal, ne pense qu'à satisfaire les plaisirs du bas-ventre.

— S'il te plaît, Lucien...

Requiem se tordit encore longtemps, les yeux fixés sur sa petite mallette qui ne le quittait jamais. Lucien disait, à son désespoir, ne rien savoir et du contenu et de la signification exacte de la gibecière, « ce sac est une bombe à fragmentation », ricanait le Négus. Dans ses moments d'hystérie, le Négus racontait que sa mallette lui procurait le pouvoir de réinventer le système. Il ne s'arrêtait pas en si bon chemin. C'était mal le connaître. Il faisait des comparaisons fortuites avec le bâton de Moïse. Les canetons disaient que la mallette de Requiem était bourrée de photos de touristes nus.

— Peux-tu me chercher une canette de bière ? J'ai la tête qui gonfle...

Il roulait ses yeux rabougris par la poussière qui tapissait la mine de l'Espérance.

— Quelle bière ?

— N'importe...

Lucien sortit.

Il ignorait ce que le Négus mijotait. Les ascenseurs ne tournaient plus. Il dévala les marches, brava les regards hagards des jeunes filles de l'immeuble qui s'apitoyaient sur Christelle et maudissaient les salauds qui amènent à l'immeuble des filles alors que l'immeuble grouille de filles de tout âge, trouva une boutique, remonta les marches non sans difficulté car il fallait semer Christelle, sur laquelle il était tombé dans les escaliers et qui lui déroulait une histoire à l'ancienne.

— Tu sais que tu as une manière à toi de concevoir la vie.

— On se voit demain...

— Tu m'aimes ?

Il fallait s'en débarrasser au plus vite.

— Peut-être...

Il pressentait quelque chose de mauvais. Un long sentiment de peur et de tristesse... Peut-être que Requiem rendait l'âme. Il arriva à son terminus fatigué par la course. Requiem avait sous-estimé l'adversaire. Il disait qu'il mettrait quinze minutes mais Lucien, en quelques tierces de seconde, avait fait l'essentiel. Il poussa la porte. Personne au salon... Il entendit comme une espèce de bruit qui s'évaporait de la chambre à coucher. Il marcha jusqu'à la porte, posa l'oreille à même le chambranle puis regarda par le trou de la serrure. Requiem et Émilienne, à l'envers sur le lit qui grinçait en decrescendo. Lucien ressortit avec la bière, la vida dans les escaliers, maudit le jour de sa naissance, emprunta une petite rue au hasard, seul et lâche.

8. Concurrent déloyal : ton voisin vend des beignets. Tu commences aussi à vendre des beignets. Tu attrapes même des fétiches pour lui piquer toute sa clientèle.

Deux jours après l'incident, Lucien trouva Émilienne qui l'attendait à bras ouverts comme si de rien n'était.

— Pourquoi ?

— Je pensais que tu avais intercepté les signaux.

— Tu ne devais pas céder.

— Tu m'as laissée seule avec lui.

— Après tout, tu n'es pas ma femme.

Ils s'assirent. Les serveuses qui somnolaient commencèrent à se maquiller.

Concurrent déloyal...

9. Le Tram 83 : de jour comme de nuit, éternel dans sa splendeur de paradis mal barré, les clients les plus minables et ceux qui jettent leur fortune par la fenêtre, symbole d'une société en parfaite harmonie, métissée, brassée, carte blanche aux croisements mendéliens, amours fous forcés, éjaculations précoces.

La rencontre-lecture dénommée « Prophéties d'avant l'aube » fut fixée pour un samedi vers les onze heures du soir. Le type chargé de sensibiliser sur les avantages de la littérature chargea un autre type qui chargea un autre type qui chargea un autre, bref, une sensibilisation de pacotille. Le public, qui n'avait pas été mis au parfum de cette activité, prenait d'assaut le Tram 83 comme à l'accoutumée.

La soirée débuta avec morosité, suite à l'éboulement d'une galerie souterraine dans une mine de diamants. La nouvelle se répandait de bouche à oreille. Tout le monde connaissait les creuseurs qui venaient d'être avalés par la terre. Tous les quinze, après leur journée qui démarrait avec le chant du coq, l'angélus ou la fatwa du minaret d'en face, se précipitaient dans le train, snobaient les étudiants, atterrissaient au Tram, trinquaient, aguichaient les filles-mères, partaient faire l'amour à quatre dans les installations mixtes, suaient comme des porcs, éclataient de rire, insultaient les aides-serveuses, dansaient la polka, colportaient les mauvaises nouvelles, s'entretenaient avec les touristes, fumaient la ganja, se masturbaient publiquement, payaient à boire à tout le monde, rivalisaient à la roulette russe, aboyaient les chansons que leurs grands-pères et arrière-grands-pères entonnaient lorsqu'ils piochaient dans les mêmes mines, brinquebalant la pneumonie et autres maladies non encore répertoriées, se partageaient des brochettes à base de chien, provoquaient des bagarres, s'en prenaient aux musiciens et repartaient tels qu'ils avaient débarqué, sales, nerveux, insolents, hilares et dédaigneux. Ils semaient le désordre mais on les adorait quand même. Les rumeurs s'enchevêtraient faisant place à un imbroglio indescriptible. Selon des sources sûres, ils cherchaient des graviers, auraient trouvé un gisement concentré de diamants et auraient suivi la bête sans assurer les arrières. Ça se serait passé avant midi. Six corps auraient été extraits des décombres, dont celui de Boubacar, Boubacar qui menaçait de se pendre chaque fois que sa mère lui interdisait une descente au trou. Boubacar avait échappé à plus de huit éboulements. L'avant-dernier lui avait valu le surnom de Lazare. Selon les bruits du Tram 83, Boubacar était sorti indemne d'un effondrement qui avait coûté d'énormes pertes en vies humaines. Il aurait même, poursuivaient les mêmes bruits, mangé tout cru la chair de ses collègues décédés sur-le-champ. Ils avaient été ensevelis pendant quatre jours et quatre nuits et Lazare fut le seul à sortir de la pourriture. Cent cinquante-six personnes avaient péri, incluant les canetons et les biscottes descendus pour filer un coup de pouce. Les canetons sont des filles de douze à quinze ans qui se prostituent dans les carrières, se promènent en file indienne, n'hésitent pas à se liguer, à alerter les militaires au cas où le client refuse de se conformer au tarif. Les biscottes sont des gamins à peine adolescents qui bossent comme hommes à tout faire : à l'extraction, au transport et au lavage des graviers pour isoler les cristaux de diamants.

Les éboulements quintuplaient à l'approche de Noël. « Les sorciers tendent des traquenards pour avoir de la viande à manger et du sang à sucer durant des festivités de fin d'année », résumait le Négus la main dans son pantalon. Nous étions au mois de décembre, tout s'expliquait. Les quinze disparus opéraient frauduleusement dans le Polygone de la mine de l'Espérance. À part les touristes, sa famille biologique et ses plus proches collaborateurs, le Général dissident n'autorisait personne à excaver. Il s'était autoproclamé « Père de la nation ». Il se réjouissait des éboulements qu'il mettait sur le compte de la sanction divine contre nous ses enfants qui transgressions la parole du « Père ». À dire vrai, toute la Ville-Pays se réjouissait lorsque la terre avalait. Les éboulements causent des dégâts importants mais permettent à la pierre de pousser, susurraient les sages du Tram 83. Les jours qui suivaient l'effondrement, les pierres se ramassaient partout, au Tram, à la gare dont la construction métallique..., dans les bordels, au Club Cuba...

Dehors, une poésie de caneton.

— Tu es mon prince charmant, j'ai envie de te cajoler, je suis très excitée, chaude comme le vin, prends-moi par le bras et partons loin d'ici, à Pérouse, je veux voir le port de Nantes, je suis ton esclave, attache-moi à vie, prends-moi par les bras, partons, je veux voir le port de Marseille...

La tension montait toutes les dix minutes. Les bouteilles se dépucelaient par dizaines pour noyer la rage et le dégoût de vivre dans un monde pourri. Les filles-mères se positionnaient pour bien voir les clients. Les étudiants abordaient l'actualité à la lueur de Marx et d'Engels.

— Vous avez l'heure ?

Les serveuses et les aides-serveuses réclamaient leurs pourboires avec des canifs qu'elles exhumaient de leurs soutiens-gorges. Les biscottes et les canetons prêtaient leurs services. Des allées et venues dans tout le Tram...

Un prophète en ébullition annonçait la construction d'une ligne de chemin de fer qui relierait la Ville-Pays à l'Irlande du Nord et qui servirait à transporter les pierres ou de multiples autres marchandises. Toutes les conversations finissaient par les rails et la découverte d'un gisement. Les touristes proposaient une marche pacifique. Tout le monde s'inventait une parenté avec les disparus. On avait oublié que c'étaient eux qui avaient tenté par trois fois d'incendier le Tram.

— Selon moi les préliminaires dépendent du touriste. Est-il beau ? A-t-il l'argent ? Paie-t-il des tournées de bière à ses amis ? Mange-t-il des côtelettes à base de chien ?

Le public ne s'attendait à rien qu'à la musique. Mais le type à qui revenait la charge de préparer les états d'âme de cette clientèle trop capricieuse avait lui-même du mal à digérer une lecture au Tram 83. Pour distraire la foule en furie, il convoqua un groupe musical pour exécuter des surgelés de la révolution cubaine. On apprit dans la salle qu'il était arrivé lui-même de Cuba pour combattre aux côtés de l'armée éthiopienne durant la guerre de l'Ogaden. La dernière chanson pérorait sur l'offensive cubano-éthiopienne, début février 1977, suivie d'une deuxième offensive inattendue à laquelle les musiciens et lui avaient participé. On apprit dans la salle qu'après ces hostilités, ils avaient séjourné en Somalie, pays qu'ils avaient attaqué deux ans auparavant. Et puis la ruée déclenchée par les mines les avait poussés à s'engouffrer dans le premier train direction la Ville-Pays.

Lucien arriva un quart d'heure avant le spectacle, pénétra par la porte de derrière, la peur au ventre. Ils ne sont pas là pour savourer ta poésie. Il reçut en pleine trogne quelques recommandations signées le propriétaire du Tram. Tu sais, avec les éboulements, ils sont surchauffés en ce moment. Ils chercheront à te traîner sur les rails. Prépare-toi au pire. Nous, notre souci c'est qu'ils baisent et s'enivrent comme ils en ont l'habitude. Démerde-toi. Embrigadé dans une veste bigarrée, l'éditeur rigolait de son rire le plus banania. C'était sa première lecture depuis qu'il avait débarqué d'un bout de terre des océans pacifiques, chuchotait-on dans les toilettes mixtes. Sa main droite posée sur l'épaule de Lucien, il radotait sa passion pour les trains qui desservent la Ville-Pays.

Les minutes s'effritaient... Les chantres de la Révolution (qui se résignaient à ne pas quitter la scène) reprenaient leur répertoire. Le public, qui connaissait par cœur toutes les chansons, manifestait son enthousiasme. Requiem, coincé entre deux canetons, acclamait la résistance. L'éditeur, les agents de l'ordre dépêchés pour la circonstance et Lucien lui-même qui promettait de lire juste un quart de texte, palabraient. À la suite de l'éboulement, les propositions de mettre la ville à sac nourrissaient toutes les conversations. Les allées et venues aux installations décuplaient. Les filles-mères-canetons lançaient dans la foule filets et hameçons. Les serveuses, les aides-serveuses et quelques filles-mères trop sûres d'elles se regardaient en chiennes de faïence.

— Les préliminaires ne sont pas obligatoires...

— Je n'aime pas les banques. C'est un avis personnel.

— Vous avez l'heure ?

Entre-temps, il griffonne fiévreusement quelques lignes sur son calepin, « Ils ne pensent qu'à satisfaire leur ventre et leur bas-ventre. Les chiens aboient, les trains chargés de lingots d'or passent. Un matin, ils se réveilleront et ils se rendront compte que la Ville-Pays n'existe plus. La Ville-Pays sera un lointain souvenir, la trace d'une... Déjà, la Ville-Pays n'existe que de nom. Le ciel appartient aux divinités supérieures et la terre aux touristes et au Général dissident excavant sans se fatiguer. Que feront-ils lorsqu'ils n'auront plus leur pays et leurs minerais qui croissent comme des champignons sauvages ? »

Ce n'est que vers deux heures du matin qu'ils parvinrent à convaincre l'assemblée de la nécessité de la littérature dans une boîte de nuit.

— Vous avez l'heure ?

L'éditeur circonscrivit la manifestation, fit l'apologie de l'écrivain qu'il aurait découvert dans « les décombres de cette ville qui perd de sa verdure alors qu'elle gagnerait à opter pour un comportement digne d'une ville moderne. Lucien est un auteur bourré de talent. L'avenir, votre avenir, misez, investissez sur cet homme... »

Lucien s'avança et prit la parole. Il se rappela la dernière fois sur scène. Arrière-Pays, des applaudissements. Ce spectacle lui avait coûté, par la suite, dix-sept mois d'emprisonnement avec sursis et deux ans d'interdiction professionnelle pour violences aggravées, atteinte à la sûreté de l'État, incitation méthodique et systématique à la révolte. Il détacha ses textes classés dans un étui. Il prit un air sérieux. Il ouvrit le bal après avoir demandé une minute de silence, en mémoire des victimes. Il tremblait comme une feuille morte. Il insistait sur certains mots, haussait le ton... C'était sans compter le public qui l'attendait au tournant. Une minute de trop. Une phrase de travers. Il saurait de quel bois on se chauffe. C'est ce qui ne tarda pas à s'accomplir. Les imprécations commencèrent à crever le ciel.

Tout le Tram en chœur unique :

— Dégage, Lucien !

Puis en chœur dispersé :

— Tu n'as pas de leçon à nous donner !

— Tu es beau et moi, j'ai envie...

— Alligator !

— Vantard !

Il était déterminé à achever sa lecture. Il s'accrochait à ses mots. Il fixait ses yeux ailleurs. Il s'attachait à un souvenir d'enfance. Il pensait à son ami, porte de Clignancourt. Il se transcendait. Il escamotait des paragraphes. Il avait même envie de se soulager dans les toilettes mixtes.

— Tu t'es déjà regardé dans une glace !

On lui avait dit, à l'université, si tu as du mal à te concentrer, imagine-toi sur un grabat avec une fille dotée d'une carrosserie énorme, une fille bien plantureuse qui te supplie de lui enfoncer la bite, fixe, fixe et fixe, bon Dieu, cette idée, et c'est peut-être de là que viendra ton salut. Il s'imagina avec une plantureuse sur le divan de Requiem... Les invectives allaient crescendo. Le Tram, tout le Tram en chœur unique puis chœur disloqué puis chœur unique puis chœur disloqué puis chœur unique...

Requiem riait aux larmes. Chose normale eu égard à l'animosité qui liait les deux saligauds. L'éditeur, qui ne savait pas sur quel pied danser, vidait stoïquement sa vodka. Prises de pitié, les aides-serveuses et les serveuses l'exhortaient à foutre le camp. Les filles-mères profitaient de cet incident pour fragiliser les rangs, se frayer un chemin à la poursuite d'un client potentiel, aguicher ou se changer soit dans les installations mixtes, soit dans les coins les plus obscurs de la salle. Petite digression ne nuit pas. Elles arrivaient avec des vêtements décents et les modifiaient au fil des heures ou selon les humeurs du public, de telle façon qu'elles apparaissaient presque nues à des heures stratégiques, disons trois heures, quatre heures du matin... Les gars qui chantaient la révolution cubaine commencèrent carrément à accorder leurs instruments. Mais Lucien résistait, élevait la voix au-dessus de la mêlée.

— Vous avez l'heure ?

— T'es mignon !

— Vous avez l'heure ?

— Viens coucher avec moi !

Un creuseur brisa une bouteille et renversa une table en signe de protestation. Les chiens aboient, les trains passent. Lucien s'était emmuré pour de bon. Il poursuivait sa lecture. Les canetons se déhanchaient vers les installations mixtes. Les étudiants, d'abord sympathiques, lui proposaient de rendre les armes. Les filles-mères-canetons lavaient le linge sale en famille avec la mère supérieure, la cheftaine des serveuses et des aides-serveuses. Un jeune homme quitta gentiment sa place, monta sur scène, lâcha un uppercut gauche. Un coup d'une violence rare. Lucien chancela, finit sa course au tapis. Il se rappela son troisième rêve. Il était en train de dispenser un cours de géographie à des élèves tout de vert vêtus qui lui demandaient d'aller cirer ses chaussures avec le lubrifiant des préservatifs. Il s'entêtait, continuait à leur lire un article sur les cumulonimbus jusqu'à ce qu'un élève se lève, lui flanque une raclée et le somme de regagner la gare du Nord, de sauter dans le premier train direction l'Arrière-Pays... Ses paperasses gisaient à même l'estrade. Il fit un effort surhumain, se releva... Une droite, cette fois-ci. Des salves d'applaudissements...

— Une autre fessée, qu'il apprenne qu'on n'est pas là pour amuser la galerie !

L'éditeur tenta d'intervenir. Une gifle malgré son air de patron. Ça vous apprendra désormais à respecter « les gars qui ont vécu », avait dit l'agresseur. L'euphorie d'un train qui entre en gare... Les cris de liesse des rescapés d'un autre éboulement... La jactance des biscottes... Ils se mirent à parodier la déclaration universelle des droits de l'homme blanc. Les étudiants le transportèrent par les manches, le jetèrent dehors... Émilienne sanglotait...

Requiem se dirigeait vers les installations mixtes.

Dehors, on continua à le molester. On avait ramassé un pneu. On proposait de le brûler vif. On disait que c'était un espion, un inspecteur de police, un agent secret, l'ami des touristes à but lucratif. Une fille aux seins froissés comme des chaussettes l'accusait même de tentative de viol, un jeudi soir, alors qu'elle se pavanait non loin du chemin de fer. On continua à le molester. Au loin, l'angélus, la fatwa du minaret, les hurlements d'un étudiant qui devenait fou pour avoir utilisé des fétiches dans le but de ressembler aux touristes habitués à payer des tournées générales... Sang, bave, larmes, sûrement qu'il venait d'égarer ses jambes en tentant de s'agripper à un train de marchandise ! On continua à le molester, à le trimbaler sur les rails.

10. Requiem, ma marchandise est sacrée.

La bastonnade administrée en marge de son spectacle au Tram 83 l'avait cloué au lit. Les médecins arrivèrent à dix-sept points de suture. Lucien arrêta momentanément la rédaction de son théâtre-conte. Les ambitions qu'il caressait disparurent au fil des cauchemars. Des hommes sans tête lui apparaissaient qui lui recommandaient de grimper dans le premier train sous peine de finir à la morgue, les boyaux à l'air libre, les yeux écorchés. Les textes ne pouvaient plus avancer dans un tel climat. Il ne ressentait plus la pertinence des répliques du Che ni même de celles de Gandhi en pourparlers avec George Bush Junior, tableau 10, titré « Balade à Bagdad et autres vies à venir ». Le drame pour un dramaturge demeure l'égarement des personnages sur lesquels repose l'intrigue.

— Requiem, ma marchandise, n'essaie surtout pas de me doubler sinon tu verras de quelle manière je me chauffe.

Sa journée était mal partie. Il fit quatre rêves, les deux premiers la matinée et les deux autres l'après-midi, dénominateur commun : un chemin de fer sans rails, des mineurs engloutis, des canetons dépucelés et des étudiants avachis par la grève, des touristes à but lucratif retournant chez eux, l'aide-serveuse aux grosses lèvres poignardée par un affreux... Dès le premier rêve, il augura que quelque chose de mal allait lui arriver.

Il raccrocha sans mot dire. Il referma les volets. Il ramassa un volume qui traînait sur les rayons de la petite bibliothèque. Se plongea dans la lecture...

Un autre coup de fil.

— Requiem, ma marchandise est sacrée !

Depuis qu'il était alité, il recevait régulièrement des appels destinés au Négus, pleins de menaces de mort. Il s'était même accommodé de ces chantages qui pleuvaient toutes les demi-heures. Il raccrocha, se remit à l'ouvrage... 19 h 16. Un autre coup de fil... Il continua sa petite lecture. Le téléphone insista. Il hésita, puis décrocha l'appareil, harassé par cette gymnastique.

— Bonsoir, Ferdinand Malingeau. Est-ce que je peux m'entretenir avec M. Lucien ?

— Qu'est-ce que vous me voulez ?

Il répondit après un silence assez long :

— Oui, monsieur Lucien, je tiens d'abord à me faire pardonner pour la soirée, votre ami m'a laissé entendre que vous traversiez une période difficile et que vous aviez besoin d'encore un peu d'argent.

— Et alors ?

— Je suis toujours intéressé par votre littérature et je souhaiterais un entretien avec vous.

— Est-ce que tu peux me foutre la paix ?

— Monsieur... C'est pour votre bien, votre ami m'a dit tous les problèmes que vous êtes en train de connaître. J'ai pensé, après les cinq mille dollars, vous venir encore en aide.

— Quels cinq mille dollars ?

Il resta stupéfait.

— Les cinq mille que j'ai remis à votre ami pour les dommages et intérêts !

Il resta interdit.

— Avez-vous d'autres textes ?

Cinq mille dollars, sacré Requiem ! Il trembla de rage.

— Vous m'entendez, monsieur, rendez-vous au plus tard au Tram à 23 h ?

— C'est parfait.

Il s'écroula sur le divan. Un coup de fil :

— Allô Lucien, ici Requiem, je ne rentre pas ce soir.

Depuis une semaine, Requiem téléphonait pour s'excuser de ne pouvoir rentrer sous prétexte d'une affaire à résoudre.

— Ok.

— Allô Lucien, qu'est-ce que t'as, mon frère de sang ?...

— Rien.

Il raccrocha furtivement de crainte de proférer une bêtise. Il s'assoupit.

Un coup de fil :

— Requiem, ma marchandise ou rien, c'est une question de vie ou de mort...

Une folle idée lui vint. Se lâcher dans le vide... Il pensa à Jacqueline, répliqua sans mâcher ses mots :

— Requiem, ma marchandise, Requiem, ma marchandise, ferme-la...

Il se remit à la lecture. 19 h 47... Il se leva, emporta la seule bière qui traînait dans le frigidaire, sortit, son sac en similicuir sous l'aisselle, essaya les ascenseurs en panne.

11. Si tout le monde était comme Requiem, il n'y aurait jamais de pauvreté. Il savait où frapper et au bon moment. Qu'il revienne avec une jambe percluse ou une oreille cassée, il repartait le matin, la tête haute : Requiem, pour une identité retrouvée.

Requiem ramenait à Lucien dix journaux par semaine. Il se privait de ses clopes pour lui apporter, comme il se plaisait à jaser, « la nourriture de l'esprit ». Lucien avait une honte terrible en le voyant sortir de sa sacoche, entre deux sandwichs, des journaux qu'il lui tendait triomphalement tel un joueur de poker abattant ses dernières cartes. Lucien ignorait la joie que Requiem se procurait à travers ce service humanitaire mais avec le temps, le Négus commençait à exagérer. Il se servait de ses qualités de comédien contre lui. Il pratiquait son théâtre de façon mécanique mais non pourvu de finalité : que Lucien se lasse et finisse par déménager !

Requiem rentrait souvent vers les onze heures du soir parfois même plus tard, très tard, poussait la porte de sa jambe gauche, le lorgnait, le saluait, posait ses lunettes de myopie, l'interrogeait sur la santé de ses personnages, voulait savoir si Lucien s'était mis quelque chose sous la dent, si Lucien lisait réellement les annonces, enlevait son gilet, ses godasses, ses chaussettes, le braquait longuement de ses petits yeux avant de passer à l'étape qui le torturait le plus. Dans ses manœuvres d'écrivain, Lucien appréhendait sa chorégraphie en quatre séquences :

1) Arrive l'ange, le ciel est plus bas que la terre.

2) Les déshabillages comme étape précédant la création.

3) La mise à l'épreuve ou l'instinct de survie d'un roi somnambule, paresseux et misérable.

4) L'assassinat et la mise en sachet de mes os.

C'est cette dernière séquence qui l'achevait. Requiem reprenait et posait à même la table de la salle à manger sa boîte de Pandore, disons sacoche. Il maîtrisait la psychologie de Lucien comme celle de ses prostituées. Il l'interpellait : « Je me demande ce que vous écrivez vous autres, les écrivains ! » Lorsque Lucien tentait de s'échapper vers les installations sanitaires ou à la cuisine, il s'élançait en le questionnant, coup après coup, sur ce qui se tramait dans l'Arrière-Pays tout en extirpant de sa sacoche à brouter les journaux qu'il lui tendait triomphalement d'un air sarcastique, insinuant toutes les trente secondes que Lucien ne lisait pas les annonces, toutes les nouvelles.

Règle numéro 74, ici c'est comme ça qu'on attrape les boulots, tu renifles les annonces, tu téléphones et on t'embauche, pas de pitié pour des scolopendres comme toi qui se tournent les pouces. Moi Requiem, je déteste les saligauds qui ne veulent pas trouver du travail.

Lorsque la moutarde lui pénétrait par les narines, Requiem lui lisait lui-même, debout tel un professeur de français langue étrangère, les annonces qu'il pensait correspondre à son profil :

Serveur ou serveuse : vous assurerez le service tous les jours de la semaine sauf le samedi et le dimanche. Tenue de service obligatoire : pantalon ou jupe, chemisier blanc, veste noire.

Il renchérissait, il faut saisir les opportunités, le travail s'arrache, ici c'est un autre monde, le Nouveau-Mexique, tu dors on te dort ! Poursuivait d'un ton neutre, faut savoir sortir de ses bottines, il n'y a pas que votre littérature pour gagner son pain, les statistiques démontrent noir sur blanc qu'aujourd'hui les études ne servent qu'à vous enorgueillir. Et tu sais quoi ? C'est vous les intellectuels qui avez flingué ce pays !

Requiem craignait de retaper son studio parce que Lucien en serait le premier bénéficiaire. Il quittait la maison tôt le matin et ne rentrait que tard dans la nuit, tête haute, poitrine bombée, pantalon au-dessus du nombril. Puis disparaissait dans la même nuit pour livrer la marchandise ou s'abreuver au Tram 83. Requiem savait que Lucien le soupçonnait de tremper dans des affaires louches. Il savait que Lucien n'ignorait pas qu'il laissait expressément sa niche dans un piteux état.

— Nous ne sommes jamais à la maison, à quoi bon se procurer des meubles, disait-il toutes les trente secondes.

Ce n'est pas l'argent qui lui manquait.

12. Les vendeurs à la criée de cercueils de seconde main.

Le temps de prendre les marches, un bruit sourd, délestage... Il se mit à descendre rapidement. Les jeunes garçons de l'immeuble profitaient de pareilles circonstances pour poster dans les escaliers. Il fallait se munir de vigilance et de perspicacité, sous peine de piétiner les déchets. Règle numéro 25, réitérait le Négus, les escaliers du Nouveau-Mexique servent par moments de latrines publiques.

— Mon bras, mon bras...

Dans sa course effrénée, il avait trébuché, et il culbuta sur sa main gauche à peine guérie. Il se releva, ramassa ses paperasses à la dérobée, descendit à pas feutrés, se heurta des épaules avec des filles qui barraient le passage au quatrième niveau.

— Vous avez l'heure ?

Dehors, pas une lumière qui vaille. Il hésita à prendre des raccourcis, de peur de tomber sur des malfaiteurs qui opéraient en bande. Requiem, qui passait un jour par la rue de l'Authenticité, était tombé dans les mailles d'hommes en armes qui lui avaient arraché et la marchandise et ses vêtements. Il avait pu regagner les Vampires grâce à une fille-mère-caneton qui lui avait prêté sa robe de rechange.

Avant que les entreprises ne croissent comme des champignons, les gens possédaient le courant vingt-quatre heures sur vingt-quatre. Le vocable « délestage » n'existait pas dans le dictionnaire. Les gens ne dépendaient pas de l'électricité. Puis, vint la ruée, les touristes à but lucratif et leurs entreprises d'excavation des matières premières. Puis les rébellions et les mutineries... C'est vers les années 1990 que les histoires de délestage apparurent pour la première fois. Fort de ses victoires sur l'armée régulière, le chef rebelle de l'époque, demi-frère du Général dissident, principal actionnaire dans quelques soixante-seize entreprises, beau-frère d'un investisseur réputé pour ses largesses, fit irruption sur les ondes et déclara : « Pour permettre aux entreprises de tourner à fond, vous serez alimentés quatre jours par semaine. » Au fil du temps, il modifia son décret à deux puis une journée puis deux heures, étant donné que les usines d'exploitation des minerais chères aux touristes nécessitent plus d'énergie électrique, que les habitants de la Ville-Pays n'en ont pas trop besoin et que les machines censées fournir cette même énergie rouillent sous le poids de l'âge : elles datent de l'époque de la construction de la gare, qui se résume à une construction métallique inachevée, démolie par des obus, des rails et des locomotives qui ramènent à la mémoire la ligne de chemin de fer construite par Stanley... Lucien arpenta la rue de l'Indépendance. Il prit la courbe de la rue de l'Armistice international. Il longea la rue des Fossoyeurs malgré lui. Il évitait de s'engager dans cette petite rue. Deux hommes vinrent à sa rencontre, l'air joyeux.

— Monsieur, vous désirez quelle taille ?

La petite rue était remplie de commissionnaires, de pleureuses, de fossoyeurs, de vendeurs à la criée de cercueils de premier et de second pied...

— Mes condoléances, monsieur, c'est votre fille qui vient de...

Ils étalaient leurs produits de part et d'autre dans un brouhaha sans égal. Leur commerce attirait des femmes dites d'affaires qui érigeaient des gargotes en paille dans lesquelles elles bazardaient mangeaille, chanvre et bière traditionnelle qui attiraient à leur tour des musiciens, canetons, prophètes et autres badauds de même acabit, des concerts en plein air, séances de strip-tease, simulacres d'orgasme et de fellation, comme le veut la chronologie.

— Il est parti à quel âge ?

Leur stratégie était d'accueillir à bras ouverts, de compatir avec le potentiel client, de lui expliquer qu'on est là pour pleurer avec lui, de passer pour un familier, de proposer la marchandise.

— Bois d'ébène à discuter...

Une cohorte de gamins courut à sa suite.

— Monsieur, nous travaillons pour moins cher.

Regards rabougris par les cigarettes et l'alcool. Ventres bedonnants pleins à craquer d'ascaris, d'amibes, de vers de terre et autres mollusques. Crânes rasés à l'arme blanche. Bras et jambes engourdis à force de piocher les tombes et ce, du matin au matin. Ils frôlaient les dix, voire douze ans... Ils trimbalaient les mêmes justifications : « Nous faisons ça pour payer nos études, papa est déjà parti avec les locomotives, il n'écrit plus, maman est malade, les oncles et les tantes et les grands-mères disent que nous sommes des sorciers et que c'est à cause de nous que papa s'est marié une troisième fois et que notre sorcellerie viendrait de maman et que nous devrons aller chez les prophètes qui couperont les liens en nous faisant ingurgiter de l'huile de palme pour nous faire vomir notre sorcellerie et nous empêcher de voler la nuit... » Comme tous les gamins de la ville, ils vivaient d'une multitude de combines.

— Nous ne sommes pas chers, d'abord nos condoléances !

Ils travaillent comme portefaix à la gare du Nord, au fleuve Zaïre et au Marché central, biscottes dans les mines, garçons de course au Tram 83, pompes funèbres et fossoyeurs. Les plus écorchés vifs sont sentinelles contre un bol de haricots mal bouillis dans les gargotes jouxtant la gare dont la construction métallique rappelle les années 1885.

Il s'arrêta, sortit son calepin, écrivit : « L'enfance, de zéro à deux ans. La puberté, de trois à sept ans. L'adolescence, de huit à douze ans. À partir de quinze, on commence déjà à gribouiller son testament... »

— Ce ne sont pas les morts qui manquent, radotait Requiem, qui avait l'habitude d'échanger sa marchandise contre des cercueils qu'il revendait aux touristes lorsque ces derniers perdaient leurs travailleurs dans les éboulements. Lucien éprouva de la peine à la vue de ces trognes prêtes à tout pour survivre. Règle numéro 23, chaque journée est une bataille rangée. On se demande dès l'aube ce qu'on va manger et puis avec le soleil, on se réintègre dans le cycle de la Ville-Pays, on pêche, on creuse, on fouille, on cueille, on invente, on baise, on transpire, on vend, on échange, on colporte, on abuse, on corrompt, on boit, on chie dans les escaliers, on s'identifie au jazz, on nargue les touristes blancs... Tout se liquide, à chacun d'inventer son système. Il pensa à son ami de Clignancourt : « Je prends des contacts avec tous les théâtres et toi, tu erres à l'air libre, c'est quoi cette manière de vivre, Lucien ! » Il pensa au visage de Gandhi lorsque Karl Marx commente l'expropriation de la population campagnarde. Il pensa au Négus se justifiant : « Ici, l'espérance de vie est de quarante et un ans, qu'on le veuille ou non ! Je comble à ma manière les quatre années qui me restent. » Il dévisagea les cercueils, de part en part... Écrivit sur son calepin : métiers correspondances décès.

Mineurs ou creuseurs, ça dépend	Éboulements Suicide (pendaison, overdose...) Radioactivité Drogue ou alcool traditionnel

	Vendetta Maladies sexuellement transmissibles
Canetons	Avortement Accouchement Viol Pneumonie Séquestration Maladies sexuellement transmissibles

Il se souvint de l'article qu'il avait lu la veille. En page de couverture, une gamine de dix ans qui accouche d'un enfant de neuf kilos et demi, le père du nouveau-né, creuseur de trente ans, emporté par l'avant-dernier éboulement.

Biscottes	Éboulements Radioactivité Ascaridiose Maladies sexuellement transmissibles...
Étudiants	Fauchés par les trains Suicide Empoisonnement pour ceux qui tentent de faire le zouave Affrontements avec les mineurs

	Grève (de la faim) Maladies sexuellement transmissibles
Filles-mères	Mauvais sort Maladies sexuellement transmissibles

— Je suis excitée, emmène-moi, loin d'ici, loin de ces vipères, et allume-moi...

— Position du missionnaire ou levrette, je suis prête à toutes les démences...

— Je n'ai pas la syphilis, c'est la seule bonne nouvelle.

Il tourna la feuille et écrivit à l'arraché : « Ils n'ont plus la culture de la houe et de l'hameçon, qu'est-ce qu'ils se mettront sous la dent lorsque la terre les récusera avec son cuivre et ses diamants... Les éclairs paraphent les mythes longtemps entretenus par des chemins de fer qui hantent les imaginaires les plus meurtris, l'envie de voir l'autre partie de soi pour toujours s'enfoncer... » Il revit son troisième rêve, des gamins avec une barbe fournie lui demandant soit qu'il paie pour qu'ils creusent sa propre tombe, soit qu'il s'enfuie dans le premier train direction Arrière-Pays...

— Vous avez l'heure ?

— Je n'aime pas les banques. C'est un avis personnel.

— Je suce admirablement.

— Partons loin d'ici, emmène-moi à Graz ou même à Moscou. Oui, j'aime ton pays...

Il traversa une rue sans nom, alluma une cigarette, au loin le Tram 83.

13. Cahier d'un retour au Tram 83.

Le Tram gardait sa splendeur de nuit bâclée. Il restait le même, hier, aujourd'hui et après-demain. Les bières étaient servies avec quinze minutes de retard. Les serveuses et les aides-serveuses, soutenues par la Mère supérieure, narguaient leur monde. Les canetons, sourires avenants, accostaient les clients sans distinction aucune. Les installations mixtes étaient toujours surpeuplées. Les hommes entraient et ressortaient heureux comme jamais.

Ils partageaient la même aspiration : l'argent et le sexe. Ils adoraient l'argent et les canetons. Ils avaient tous quelque chose avec les mines et le Tram. La journée, ils erraient dans les mines lorsqu'ils pouvaient excaver avec l'autorisation du Général dissident et la nuit, ils fêtaient le bonheur au Tram. Ils racolaient les canetons et les femmes-sans-âge, s'identifiaient au jazz et buvaient la bière à en vomir. Certains prétendaient qu'il leur faudrait le fleuve Zambèze pour s'enivrer définitivement. Question : dans ce cas, encore combien de nuits de beuverie ?

— Vous abîmez la clientèle. Si vous vous accrochez

encore aux touristes de cette manière, je vous chasse du Tram.

Au début du Tram, on interdisait l'entrée aux filles-canetons. Et puis on s'aperçut qu'elles pouvaient servir d'appât, qu'elles avaient droit à la vie et à la liberté, qu'elles pouvaient engranger des recettes inespérées, qu'elles figuraient dans les critères de sélection, que c'était leur seul moyen de survie, ainsi naquit une sorte de carte blanche pour toutes celles qui étaient censées attirer, faire consommer un individu. Elles étaient sous-estimées par les filles-mères et dépréciées par l'armada des serveuses, aides-machins. Le problème, c'est qu'elles étaient gentilles, ouvertes aux négociations, sincères et intelligentes pour des gamines de leur âge. Elles refusaient de porter des dessous sous prétexte qu'ils engonçaient la courbure de leurs corps.

— Les préliminaires gâchent le plaisir.

Les filles-sans-calbars possédaient une présence scénique propre à alimenter des rumeurs selon lesquelles elles se bourraient de « démarreurs » et de fétiches de toutes sortes à rendre esclaves et chiens domestiques leurs clients touristes, stratégies héritées de leurs grands-mères et aïeux qui aguichaient par le passé au Tram 83 alors que ce dernier s'appelait Savorgnan de Brazza ensuite San Salvador ensuite Pool Malebo ensuite Santa Rosa ensuite Zanzibar... Certains touristes, apprenait-on, lorsqu'ils commençaient à s'amouracher d'elles, devenaient intenables, passant quelque trois heures de leurs nuits et de leurs journées à citer, chanter, hurler, vociférer, réciter et psalmodier les noms de famille de ces modestes filles-sans-calbars et parfois mêmes des généalogies entières... Ainsi, entendait-on, non loin de la gare dont la construction métallique et dans les parages des mines à cul brûlé, des aboiements longs comme la corde d'un pendu: Marie Mujinga Mbombo, fille de Marcel Kalambay Mutombo et de Jacqueline Ntuma, petite-fille paternelle de Jean-Pierre Tshimbalanga et Thérèse Kalenga, petite-fille maternelle de M. Jean-Philippe de Sauvageon et Marie-Louise Kahenga ou encore Nelly Lomgombo, nièce de M. Rolando Petuveria, rejeton d'un certain Mbuanga qui travaillait comme homme à tout faire au Beach Ngobila... La même légende précisait que d'autres touristes, entre deux ébats assurés par nos petites-sœurs-filles-mères-anté-canetons-sans-calbars, signaient des testaments à leur profit, cédaient ou leurs pierres ou leurs appartements ou leurs grosses voitures et pire. D'autres encore, égarés par ce mystère du plaisir des corps enroulés, oubliaient leur flamand, leur français, leur portugais, leur mandarin, leur tchèque, leur italien et leur russe au profit du lingala et du wolof; ainsi ces sacrés parvenus d'évolués par ascendance nous perturbaient dans la chronologie de notre bonheur, moralisaient les rumeurs, s'immisçaient dans nos calebasses et s'attardaient longtemps avec nos sœurs au lit alors qu'au même moment leurs frères continuaient à parler leur flamand et leur russe, à falsifier les ancêtres au profit des Mérovingiens, engrosser à tour de bras, escorter des lingots d'or, gare du Nord, quai dix-sept, parapher des accords bidons (d'essence), cloner quelques spermes de rébellions en toile de fond des évangiles écorchés, des lexiques de bas étage, des phraséologies d'ivrogne invétéré, mineur de son état ou étudiant en grève sans bout de tunnel ou coupeur de routes ou livreur de pizzas aux origines douteuses et autres. Mais toujours est-il que l'apparition desdites rumeurs coïncida avec la maladie du sommeil : imaginez le Tram en plein sommeil, des serveuses qui somnolent entre deux services, des creuseurs qui somnolent, des étudiants avec leur grève sans bout de tunnel qui somnolent, des touristes qui somnolent, des musiciens de jazz qui somnolent, des canetons qui somnolent, des têtes brûlées qui somnolent et même dehors, des Syriens qui somnolent, des Polonais qui somnolent, des Français qui somnolent, des...

— Vous avez l'heure ?

Elles savaient brûler les étapes de leur vie, ou disons, elles consommaient pleinement leur adolescence. Leurs corps, une artillerie à vous sortir les babines. Requiem radotait qu'elles sont l'avenir de l'humanité...

— Vous avez l'heure ?

Règle numéro 46, baise le jour, baise la nuit, baise et baise encore car tu ne sais pas ce que demain te réserve... Lucien s'avança à tâtons. Un noir terrible... mais les quelques cierges accrochés çà et là et l'orchestre qui tambourinait maintenaient la température à chaud. M. Malingeau était assis près du podium face aux musiciens qui reprenaient une chanson afro-américaine des années 1950. Lucien s'attabla sans artifice.

L'éditeur était si fondu de saxo qu'il ne le vit point. Il mélangeait sa passion pour la musique soul, l'édition, le carnaval et la marchandise. Lucien attendit plus d'une heure avant de l'interpeller.

— Bonsoir, monsieur Malingeau !

— Tu es là depuis quand ?

— Je ne sais pas... Moi aussi j'étais emporté par le rythme.

Il balbutiait. À dire vrai, il était ailleurs. Il se demandait, alors que l'éditeur était occupé par ses états d'âme, s'il était crédible d'engager le personnage de Lumumba à côté de Napoléon et de Christophe Colomb. Il se sentait coupable de trafiquer l'histoire. Jusqu'où va l'imaginaire d'un écrivain qui part de faits réels pour fabriquer un univers où se côtoient le faux et le vrai ? De quel droit triche-t-on avec la mémoire ? Quelle crédibilité à mettre au diapason ces personnages parfois éloignés les uns des autres ? Le point de départ de tous ces personnages, la soif en eux... Mais la fin ne semblait pas facile à digérer. Non par lui mais par le public, qui déjà allait rechigner sur son Che qui n'avait que cinq répliques : « oui », « non », « révolution », « le devoir », « la lutte » ou le silence bavard d'un Mussolini Benito face à la verve quasi passionnelle du président Nicolae Ceauşescu.

— Je m'excuse, vous savez, la musique, c'est une autre partie de moi.

— Moi aussi.

Une chorale, une variante de salsa avec un arrière-goût de funk pour les plaisirs de l'ouïe.

— Vous désirez ?

— Vous avez l'heure ?

— Vodka.

Il héla une serveuse qui s'approcha insolemment.

— Je tiens d'abord à m'excuser pour les tristes événements de l'autre jour. Je pensais qu'on pouvait assez facilement insuffler dans cette ville une certaine vision du monde par la littérature. Quel gâchis pour les gens d'esprit comme nous !

Une soprano prit le relais sous une salve d'applaudissements. La diva des chemins de fer, on disait. Son visage clair évoquait les horizons lointains, peut-être la Thaïlande, peut-être le Népal, peut-être l'Afghanistan, qui sait peut-être l'Océanie... Elle était aussi sans doute venue chercher fortune (mais de là à passer à la chanson ?). Elle étalait toutes ses compositions dans un bruitage enregistré de départ de locomotives à vapeur, gare du Nord. Sublime, sa voix galvaudant l'atmosphère se perdait et réapparaissait dans les klaxons, sifflements, glissements, crissements, voix des passagers...

— Nous ne devons pas abandonner, continuait l'éditeur.

Elle avait connu un succès fou avec *Mes trains à moi*, une chanson restée au hit-parade pendant près de six ans.

— Qu'est-ce que tu me veux ?

Elle ne dormait pas ventre creux, avec tous les disques qu'elle écoulait sur le marché. C'est une petite à épouser, conseillait le Négus. Règle numéro 33, si vous ne parvenez pas à vous tirer du trou, épousez une fille pour vous en tirer mais pas n'importe quelle fille ! Elle doit transpirer l'or et l'argent, et ce genre de filles est une espèce en voie de disparition.

— Publier ton théâtre-conte.

Émilienne attendait Lucien. Elle découvrit un personnage déphasé par la vie. Lucien n'osait même pas la fixer des yeux. Il était sale, hagard, mal rasé, harassé par son propre destin.

— Ton théâtre-conte, je t'ai dit que ça m'intéressait.

— Pas ce texte. C'est encore en construction...

Il posa ses paperasses sur la table. Il pensa, porte de Clignancourt, nous on travaille ici et, toi, tu t'amuses là-bas !

Il prit son stylo, écrivit de longues phrases avant de poursuivre...

Émilienne commanda deux rhums.

— Alors, tu veux me dire que tu n'as rien comme texte à publier ?

— Pourboire...

— Les préliminaires m'impressionnent.

— Je m'aime et je t'aime.

— Je possède une belle carrosserie.

— Viens mon chou adoré.

Lucien fouilla ses paperasses d'où il sortit des papiers reliés.

— Tiens, une version qui date de quelques mois.

Ferdinand alluma une cigarette.

— C'est quoi déjà le titre ?...

Lucien ne répondit point.

— Vendredi, même heure, je te dis ce que j'en pense. Peut-être que je viendrai avec le contrat pour une éventuelle publication.

Lucien se leva.

— Tu ne me dis même pas merci ?

Lucien se dirigea vers la porte de sortie.

— Écoute, Lucien...

Émilienne partit aussitôt sur ses talons.

C'était une fille à part, une déséquilibrée. Elle recherchait le vrai amour. Lucien se montrait courtois envers elle. Il était l'homme de sa vie, elle en était convaincue. Ce que lui reprochaient tous les canetons pour qui seul l'argent comptait.

Requiem radotait que tout être humain possède deux câbles dans la tête : un bleu et un jaune. Lorsque le câble bleu se coupe, l'homme devient fou. Et le Négus continuait sa philosophie : les trois quarts de l'humanité ont déjà perdu le câble bleu. Il patrouillait alors le Tram de ses yeux, épelant les noms des touristes, des serveuses, des aides-serveuses, des creuseurs, des affreux et des canetons qui ne possédaient plus le câble en question. Les noms du propriétaire du Tram, de Lucien, d'Émilienne et de l'aide-serveuse aux grosses lèvres ne manquaient jamais à sa liste.

Rythmes chaloupés, claviers, clarinettes, saxophones, batteries et guitares électriques, un orchestre venant tout droit de Pointe-à-Pitre.

14. Requiem et Malingeau ou lorsque deux escrocs boivent à leur santé.

Tram 83, intérieur.

Au fond, un saxophoniste exécutant un solo.

Avant-centre, les demoiselles d'Avignon dans leurs robes de vestales lorgnant tous les clients de sexe masculin.

Arrière-gauche, les touristes chinois.

Extrême gauche, les touristes indo-européens.

Porte d'entrée, l'aide-serveuse aux grosses lèvres avec son français tirailleur.

Accoudés au comptoir, Requiem et Ferdinand Malingeau.

— On m'a laissé entendre que tu cours après moi...

— Peut-être...

— Qu'est-ce que tu me veux ?

— Arrête de manger dans mon poulailler.

— Tu devrais consulter un marabout.

— Il paraît que tu proposes de publier les paperasses de Lucien.

— En quoi ça te concerne...

— Je te l'interdis.

— De quel droit ?

— Je n'ai pas d'explication à te donner. C'est grâce à moi que Lucien est dans cette ville. C'est moi qui ai pesé de tout mon poids pour que ce salaud quitte les fosses septiques de l'Arrière-Pays. Il est sous ma gouverne et je ne te le dirai pas deux fois...

— Tu délires cher ami...

— Mais si tu veux vraiment publier ses feuilles de manioc, on pourra s'arranger. Sais-tu que Lucien m'a causé beaucoup de tort et que je ne suis pas près de l'absoudre ? Aussi longtemps que je vivrai, je me battrai pour le ridiculiser, le diminuer, le démolir...

C'était un secret de polichinelle. Requiem mettait tout sur le dos de Lucien : les débâcles de l'armée gouvernementale, la mort de son père, le remariage vite fait de sa mère, le divorce avec Jacqueline...

— Il a profité de mon absence pour prendre ma femme. Non, Lucien, je le combattrai jusqu'à la fin du monde... J'ai pitié de toi, Malingeau. Si tu veux vraiment publier ses paperasses, tu dois payer une caution de cinq mille dollars comme autorisation à la publication. Sans cela...

L'éditeur éclata de rire...

— Écoute, Malingeau...

— Négus, va dormir !

L'éditeur vida sa bouteille, se dirigea vers les demoiselles d'Avignon, laissant le Négus un pied devant, un pied derrière.

L'éditeur était un habitué du Tram 83. Il y venait presque tous les jours de la semaine. Il était traité comme un prince. Sa réputation s'était accrue le jour où le Général dissident l'avait mentionné dans un de ses discours fleuves. Ils avaient fréquenté le même lycée à Genève et se connaissaient personnellement. En 1978, ils s'étaient perdus de vue, le Général ayant changé d'établissement scolaire. C'est par la presse que Malingeau retrouva les traces de son ancien collègue de classe. À l'époque, le nom du Général dissident revenait sur toutes les lèvres et nourrissait abondamment les journaux étrangers.

Ferdinand Malingeau comme son nom l'indique faisait partie de ces spécimens rares. Touriste à but non lucratif au départ, il fut emporté par l'ambiance du Tram 83 et de ses filles de bar. Titulaire d'un master en théologie, en sciences économiques et en agronomie générale, il était agent cadre dans une grosse banque dans son pays natal. Enfin, c'est ce que relayaient les colportages. Dans une ville érigée à l'aune de la débrouillardise, de la pierre et de la kalachnikov, il devenait difficile de connaître l'identité exacte des touristes. De quels pays arrivaient-ils réellement ? Pourquoi débarquaient-ils en Afrique ? Quelle était leur motivation profonde ? Possédaient-ils femmes et enfants ? Toujours est-il que Malingeau, selon les commérages, avait tout plaqué pour venir manger la terre de la Ville-Pays. Il avait d'abord hésité entre les Indes et le Tibet. Presque tous les touristes à but non lucratif en avaient marre de la monotonie et arrivaient avec l'espoir de vivre dans un monde, un continent non encore pollué par les excréments de la mondialisation.

Il vécut pendant trois mois sans excaver. Ce qui était un vrai miracle. Il ne voulait pas, selon ses propres dires, profiter de l'Afrique négro-africaine. Sa bêtise fut de commencer à fréquenter le Tram 83. Sans les sous, la vie est exécrable au Tram 83. Les canetons te boudent. Les creuseurs te boudent. Les serveuses et les aides-serveuses te boudent. Les touristes chinois te boudent. Les touristes à but lucratif te boudent. Les musiciens te boudent. Les étudiants te boudent. Les affreux te boudent. Les biscottes te boudent. Tous les négociants te boudent. Donc, une solitude pestilentielle. L'humiliation prenait une autre configuration surtout dans le cas d'un touriste blanc. C'est pour cette raison, insinuaient les rumeurs, qu'il avait décidé d'excaver pour avoir de quoi satisfaire les canetons qui lui couraient après et ainsi pénétrer le royaume des touristes de première classe.

Ceux qui l'ont croisé lorsqu'il est arrivé dans la Ville-Pays s'enorgueillissent lorsqu'ils parlent de l'homme.

Tous se rappelaient de l'irruption de Malingeau dans leur monde. C'était un samedi soir et le Tram bougeait comme à l'accoutumée. La porte s'ouvrit et un jeune homme sale, maigre, peu bavard, mine de chien esseulé, tout juste chargé d'une valise, pénétra dans le Tram. Les clients du Tram se connaissaient même s'ils ne s'adressaient pas toujours la parole. On se rendit directement à l'évidence que c'était un novice.

Il avait d'abord erré avant d'échouer au Tram 83. Celui-ci, comme tout lieu de socialisation, fonctionnait à l'aune d'une hiérarchisation. Les individus se liguaient selon la provenance géographique, la langue d'expression mais surtout la situation pécuniaire : les touristes à but lucratif, les touristes de couleur dont la plupart sont pauvres, les touristes blancs et enfin, les touristes chinois refusant de se mélanger aux autres, se promenant toujours en bande organisée même dans les installations mixtes. Ces castes présentaient à leur tour une subdivision interne dépendant souvent de l'argent et de la clarté de la peau. Ainsi le vocable « touristes de seconde » ou « touristes de seconde zone » englobe et les blancs et les noirs en panne d'argent. L'éditeur ne pouvait donc pas flirter directement avec les touristes à but lucratif possédant le droit d'excaver. C'est en côtoyant les touristes africains qu'il rencontra le Négus. Grâce aux relations de Requiem, l'éditeur fut recu par son ancien collègue, le Général dissident, qui lui octroya l'autorisation d'excaver ainsi que la clé d'une mine délaissée au lendemain de la décolonisation. Malingeau nomma le Négus comme directeur de l'usine qu'il venait de créer. Requiem le roula dans la farine pendant deux années. Il tripatouillait ou vendait carrément aux touristes à but lucratif les marchés que l'usine pouvait remporter. Ce qui énerva Malingeau qui le licencia après plusieurs sommations. Le Négus ne l'a jamais digéré, se plaignant à qui de droit, « c'est grâce à moi qu'il peut ouvrir sa bouche, c'était un mort-vivant quand il est arrivé au Tram, un revenant, un zombie, mais ingrat comme il est, il me paie en monnaie de singe. Si j'escroque ce type, c'est parce que les minerais nous appartiennent, ce sont nos minerais ».

15. L'inconvénient de flirter avec un caneton dont on ignore le degré de nuisance.

Ferdinand prenait calmement sa petite bière lorsqu'une jeune femme s'assit à sa table sans être conviée. Selon les colportages du Tram 83, toutes les femmes de la Ville-Pays se servaient sauvagement des gris-gris pour alpaguer leur proie. Ce qui est vraisemblable. Il était difficile, presque impossible de ne pas céder à leur charme.

— Tu es égoïste !

— Tu penses que je suis...

— Je constate...

— Pourquoi ?

— Tu t'abreuves tout seul alors que le Tram est plein et que ce n'est pas une belle compagnie qui manque.

— Je n'en ai point besoin, rumina l'éditeur.

— Donc, ma présence te gêne ?

— Ce n'est pas ce que je veux dire.

Elle souleva la main gauche. L'aide-serveuse aux grosses lèvres accourut.

— Un verre de vin rouge !

Les creuseurs, les canetons, les étudiants ainsi que les touristes pauvres prenaient toujours du vin lorsqu'ils causaient avec les touristes à but lucratif. Ça fait classe, rabâchaient-ils. La jeune femme susurra une phrase. L'éditeur s'emporta dans un fou rire. Et la conversation continua de plus belle.

— Tu es beau.

— Moi ?

— Tu es beau comme dans un film porno...

— Es-tu sûre de ce que tu prétends ?

— Oui, très beau, comme dans un film dans lequel on pratique des relations sexuelles, répliqua la jeune femme, évasive.

L'éditeur poussa un long soupir...

— Est-ce que je mens ? Je constate tout simplement...

Des volutes de cigarette.

Des voix enrouées par l'alcool.

Des rires étouffés de canetons.

Un air de blues, un quartet diluait ses notes dans le ciel clair-obscur du Tram. À chaque refrain, la soprano pleurnichait :

Dorlote-moi sans me tuer
Caresse-moi sans m'étouffer
Lèche mon corps sans me blesser
Oh bien-aimé
Emmène-moi à Odessa
Et entonne pour moi la symphonie de l'Amour

— Tu vis de quoi ?

— Je suis à la retraite, répondit l'éditeur, tout sourire.

— Non, s'il te plaît, dis-moi ce que tu fais de tes journées...

— Je suis dans les mines...

— Quel beau métier !

— Et Madame ?

— Je suis encore mademoiselle. Pourquoi tu me fais vieillir ? Qu'est-ce que tu perds si tu m'appelles mademoiselle ?

— Et Mademoiselle ?

Elle se leva, fit un quart de tour de la table et tendit sa main à Malingeau. Il se leva. Ils gagnèrent lentement la piste...

Les notes volaient telles des feuilles au vent.

Le saxophone grinçait sous les pleurnicheries de la soprano.

Dorlote-moi sans me tuer
Caresse-moi sans m'étouffer
Lèche mon corps sans me blesser
Oh bien-aimé
Emmène-moi à Odessa
Et entonne pour moi la symphonie de l'Amour

— Tu es beau...

— Tu me l'as déjà dit...

— Oui, je sais...

— Je suis un peu vieux pour ton âge.

— L'âge est un prétexte...

Elle roulait et glissait sa main le long du pantalon soyeux de l'éditeur. En un mouvement, elle fouilla, attrapa et commença à tâter le sexe de Malingeau. Il résista quelques minutes, abdiqua...

La soprano et son refrain.

Dorlote-moi sans me tuer
Caresse-moi sans m'étouffer
Lèche mon corps sans me blesser
Oh bien-aimé
Emmène-moi à Odessa...

— Et si on partait ?

— Tu habites dans quelle commune ?

— Saint-Athanase.

— J'en étais sûre, la commune des blancs.

C'est l'un des plus vieux quartiers de la Ville-Pays. Seule la population blanche y a droit de résidence. C'est la commune où résident le Général dissident et tous les touristes à but lucratif. Elle se situe entre les Vampires, destinés aux chauffeurs, valets et autres Africains au service de l'administration coloniale, et la Zone rouge, bidonville grand format ou dépotoir urbain, enfreignant tous les canons de l'urbanisme, glauque et sale par-dessus le marché noir de l'histoire. Lorsqu'un creuseur a la chance de trouver son diamant, son premier réflexe est de changer son lieu de résidence. Tous les squelettes qui habitent la Zone rouge rêvent de résider un jour à Saint-Athanase.

— Pour moi les préliminaires c'est comme la démocratie. Si tu ne me caresses pas, j'appelle les Américains.

Devant le Tram, deux canetons se disputaient un touriste de soixante-dix ans. Malingeau et sa proie traversèrent la horde des badauds sous les regards atterrés de quelques souteneurs jaloux de l'indépendance exagérée de la jeune femme. Ils marchèrent jusqu'à la bagnole, bras dessus, bras dessous, s'arrêtant pour des tire-langues et des tripatouillages corporels. Rassasié de ces préliminaires, l'éditeur démarra sa limousine, la main gauche dans le corsage éclaté de la tigresse.

— Tu es comme le soleil, tu es l'homme de ma vie...

— Je n'espérais pas une aussi belle rencontre...

— Je suis la reine de la nuit. Sans moi, le Tram est une succursale des rêves broyés.

— Ton nom ?

— Christelle, Chris pour les intimes...

Ils arrivèrent en un quart d'heure à destination.

La maison de Malingeau, un palais royal.

Elle déposa ses petites lèvres sur celles de Malingeau. Avec ses doigts, elle s'activa à déboutonner sa chemise.

— Dans la chambre, nous serons plus à l'aise. Viens...

— Fais-moi l'amour, ici. La chambre est trop officielle à mon goût.

Ils s'écroulèrent dans le canapé.

— Donne-moi l'argent, d'abord !

Malingeau chercha en trois coups de main son pantalon gisant à même le tapis, sans contrôle sortit des billets...

— Tiens, ma princesse.

— Encore.

— Tu aimes l'argent !

— J'aime la vie.

Elle lui arracha presque la monnaie,

— Viens mon chou, laisse-moi t'embarquer.

souleva la jambe un peu légèrement...

Après deux rounds rapides, Christelle exigea un troisième, un quatrième, un cinquième round... L'éditeur s'écroula au bout de trois heures de gymnastique. Elle s'habilla à la zaïroise, extirpa de sa boîte à gants un petit appareil photo et balaya le corps ensommeillé : une dizaine de photos.

Lorsque Malingeau se détacha de son long sommeil, la musique bourdonnait encore dans sa tête. Christelle était déjà partie. Elle avait pris soin de gribouiller une phrase sur un bout de papier.

« J'ai bu ton corps jusqu'à l'usure de ma soif. »

16. Malingeau, Lucien et Requiem ou l'impossible amour.

Il est des villes qui n'ont pas besoin de littérature : elles sont littérature. Elles défilent poitrine bombée, la tête sur les épaules. Elles sont fières et s'assument en dépit des sacs-poubelles qu'elles promènent. La Ville-Pays, un exemple parmi tant d'autres... Elle vibrait de littérature.

— Je t'aime, mon chou.

— Je n'aime pas les préliminaires. Ça tue le plaisir.

— Vous avez l'heure ?

Elle s'écrivait avec ses gigolos, ses canetons, ses creuseurs, ses bordels quatre étoiles, ses rebelles dissidents prêts à vous séquestrer, ses prospecteurs, ses semi-touristes... Lucien se rua dans la nuit, son sac simili-cuir en bandoulière. Rue Les Touristes, rue de l'Indépendance, rue de l'Armistice international, rue des Fossoyeurs, rue des Minerais, rue du Cuivre, rue de la Révolution 1, rue de la Révolution 3, rue de la Révolution vraie et sincère... Devant l'établissement, une bagarre rangée entre les creuseurs, les étudiants grévistes et les affreux, une histoire de sévices sexuels commis sur une étudiante fille-mère adepte du Tram par un groupe de creuseurs. Il sortit son calepin, griffonna combien les chemins de fer, les minerais et les désirs mal contrôlés conduisent à la putréfaction des corps créés à l'image des richesses...

À l'intérieur du Tram, même décor à quelques seins près. Presque tous les acteurs sur scène... Une fanfare-batterie... L'éditeur ponctuel à ses rendez-vous conversait avec une fille-mère-caneton. Il s'assit, commanda à boire. L'éditeur se débarrassa de la jeune femme.

— Je n'ai pas consacré beaucoup d'énergie à ton manuscrit. J'ai lu la première moitié que je trouve impressionnante dans la mesure où tes vingt personnages errent interminablement dans cet immeuble pour des raisons qui ne sont pas toujours bonnes à dire. J'apprécie la langue dans laquelle ils s'affrontent, la crudité des mots, l'humour...

— Pourboire...

— Tu as une sacrée plume. Un écrivain, ça se voit. Tes personnages occupent très bien les espaces. Je les vois sur un plateau, peut-être même ici au Tram, là-bas sur l'estrade...

Il pointa du doigt l'espace occupé par la fanfare russe.

— Si je comprends bien, tu vas me publier ?

— Qu'est-ce que c'est cette façon de me faire bander ?

— L'ivresse par le vin sent l'arnaque. Deux petits verres et tu perds la tête. La saoulerie par la bière, un petit paradis.

— Emmène-moi à Bratislava et fais de moi la reine de tes rêves !

Les ragots de leurs voisins s'ingéraient dans leur conversation.

— Pas si vite, Lucien ! Je veux que tu reprennes le texte à zéro. Vingt personnages, c'est trop pour ton théâtre-conte.

Lucien le regardait, sans expression.

— J'ai besoin d'un texte à dix personnages maximum. Réduis les vingt à dix et je publie ce petit bijou.

— Vous avez l'heure ?

— Crois-tu que c'est possible, ce que tu me demandes ?

— Lâche mes seins, qu'est-ce que c'est cette façon de me faire chanter ?

— C'est un suicide que d'aller au lit avec deux canetons. Elles te bouffent tes calories, l'espace d'une nuitée.

— Tu es le maître de ton texte, il suffit de reporter les charges sur les uns et les autres.

Dehors, un coup de feu.

— Vous avez l'heure ?

— Je maintiens mes vingt personnages, monsieur.

Dehors, les étudiants criant vendetta.

— Vous avez l'heure ?

— Dans ce cas, trouve-toi un autre éditeur !

— Article 15.

— Vous avez l'heure ?

Dehors, creuseurs, imprécations, hymnes de la Deuxième République, chronique d'un conflit de leadership. Il reprit presque de force son texte dans les doigts de Malingeau.

— Je vais réduire les personnages, gare à toi si...

— Écoute, Lucien, entre-temps, fais-moi une nouvelle, sept mille signes sur les ambitions du Général dissident.

— Monsieur désire une compagnie...

— Pourquoi le Général dissident et pas les rails ou même les mines ?

— Pourboire...

— Emmène-moi loin du Tram, à Sarajevo.

— Nous, nous buvons l'eau des pauvres : la bière ! Aux touristes à but lucratif, le vin mousseux et le whisky.

— Regarde, mes fesses ne sont pas artificielles, comment le seraient-elles ? Je suis brésilienne.

— Pourboire !

— Vous avez l'heure ?

Ils restèrent à discuter. Lucien repartit à vingt-deux heures, déçu par les nouvelles échéances.

Tard dans la nuit, Requiem arriva avec un caneton. Ils prirent place en face de Malingeau.

— Salut Requiem...

Le Négus resta de marbre.

— Tu sembles en bonne forme, remarqua l'éditeur.

Il l'ignora pendant au moins vingt minutes préférant tâter les seins de la jeune demoiselle. Malingeau se leva pour partir. Requiem l'apostropha :

— J'ai changé d'avis. Tu ne dois pas cinq mille dollars mais dix mille pour avoir l'autorisation de publier les paperasses de Lucien.

— Malade mental, va ! D'ici cinq mois, je publie le théâtre-conte de Lucien et j'organise avec pompe la présentation du livre.

— Si tu t'entêtes, je m'entête aussi !

— Tu me fais perdre mon temps.

L'éditeur s'en allait lorsque le Négus lui cria :

— Si tu t'amuses avec tes publications, je publie tes photos !

Malingeau revint sur ses pas.

— Quelles photos ?

— Tu connais Christelle ?

— Qu'est-ce que tu racontes...

— La fille qui t'a baisé dimanche dernier...

— Laisse ma vie privée en dehors de tout ça !

— Elle travaille pour moi...

— ...

— Elle t'a baisé et t'a pris en photo. Tu oses publier les paperasses de Lucien, je publie les photos, toutes ces photos sur lesquelles tu apparais tout nu, nu comme un ver, ajouta Requiem, éclatant de rire.

Malingeau raisonnait avec son sexe. Un homme conscient après ce qui lui était arrivé n'aurait pas dû se hasarder à papillonner avec un autre caneton. Deux jours avant que Christelle et le Négus lui jouent ce tour, il avait fait une rencontre effroyable. L'affluence au Tram laissait à désirer. Chaque fois que l'ambiance montait d'un cran, on racontait que les pensionnaires des cimetières avoisinants arrivaient, s'abreuvaient, fumaient un joint, frottaient leurs corps aux nôtres, grignotaient une côtelette de chien, exécutaient des pas de danse. Il croisa un caneton dans les installations mixtes. Il l'invita à boire du vin rouge.

— Il se peut qu'elle appartienne à une famille aisée, se dit-il.

La fille lui dit, viens, allons chez moi, que je te fasse un bon massage. Ils prirent sa limousine beige.

Ils arrivent chez la fille, une maison en étage, avec sentinelles, gardes du corps, réverbères et bergers allemands. Ils font l'amour jusqu'à cinq heures du matin. Ils s'endorment l'un sur l'autre... Lorsqu'il se réveille, la fille n'est plus là et lui se découvre tout nu sur un grabat dans une baraque abandonnée vers le pont Cabu. Il s'habille dans la précipitation, pénètre dans sa limousine, troisième vitesse... Il arrive au Tram. Des gens dehors, des filles, des filles, des filles... Il entre dans le Tram, crache son histoire.

— Le nom de la fille, on lui demande.

— Georgette Luise de Sonfina, elle portait une longue robe bleu pervenche et dégageait un parfum de jasmin.

La réponse qu'on lui donna le cloua à même le tapis. Le caneton en question serait la fille d'un touriste qui avait vécu au XIXe siècle. Elle serait morte il y a de cela quatre-vingts ans, d'une hémorragie cérébrale. Elle serait même enterrée avec les vêtements décrits par l'éditeur, même parfum de jasmin...

Malingeau essaya de discuter mais le Négus campa sur ses positions.

— Tu publies ce type, je publie ta nudité.

Ne sachant quoi entreprendre, il posa son gros cul, alluma une cigarette... Requiem comme si de rien n'était, continua à jouer à l'accordéon avec les seins-grosses-tomates de la jeune demoiselle.

17. Le collectionneur de nus.

Requiem possédait les photos de nudités de quelque deux cent cinquante touristes. Ils étaient complètement à ses pieds. Ils lui achetaient à boire, versaient de l'argent sur son compte chaque mois, le vénéraient presque. Agacé par ses sempiternels chantages, un touriste porta plainte pour menaces et diffamations. Du jour au lendemain, Requiem publia dans les gazettes de la Ville-Pays les photos du touriste en costume d'Adam. Il incita la fille, cerise sur le gâteau, à accuser le touriste de viol. Le pauvre touriste plaida pour le consentement de l'acte, coup d'épée dans l'eau. Dans un pays où les citoyens manquent de carte d'identité depuis Noé, le prophète Ézéchiel et la sœur Abigaël, l'âge est malléable. La jeune femme était déjà majeure au moment des faits. Mais l'argent était en jeu. Qui n'aime pas l'argent ? Le tribunal, corrompu jusqu'à la moelle, trouva une vache à lait. Le touriste fut ruiné, menacé de prison et contraint de payer une amende. Le Général dissident, comme toujours en baisse de popularité, renvoya le touriste dans son pays espérant conquérir la faveur de son peuple. Les touristes à but lucratif protestèrent pendant plusieurs semaines. Ils étaient impuissants et incapables de mettre le Négus hors d'état de nuire. Ils ne pouvaient pas l'éliminer physiquement. Cela aurait pu provoquer des émeutes et des pillages incontrôlables et ils seraient priés de plier bagage ou de s'enfuir comme au lendemain de l'indépendance. Toucher à un cheveu de Requiem était la pire profanation qu'un touriste à but lucratif pouvait se permettre.

Le grand rêve du Négus était d'obtenir les photos du Général dissident.

18. Réunion et échange d'armes pour montrer aux affreux, aux têtes brûlées et à leur Général dissident que le monde est une pirouette.

63, rue de la Primature, vers les deux heures du matin, Lucien arriva.

— Vous avez l'heure ? Parce que moi, je craque, je t'offre ma poitrine, change-moi, fais de moi la femme la plus belle !

— Boire la bière n'est pas boire. C'est boire de l'eau.

— Fais-moi l'amour forcé...

— Position de la levrette, de la cuillère ou du missionnaire ? Même de la chevauchée, du crabe ou de la pieuvre, je peux, c'est la preuve que je suis initiée aux choses de la vie.

Requiem l'attendait avec huit hommes aux noms évocateurs, Dragon, Mortel Combat, Coup franc, Dysenterie, Rougeole invincible... Règle numéro 27, on ne part pas régler des affaires courantes comme si on allait à la plage, « la prestance », fit-il, impatient. Lucien devina par les pioches et les pelles que c'étaient des creuseurs. Après s'être salués, ils longèrent la rue sans mot dire jusqu'aux entrepôts brûlés et abandonnés lors des pillages de 1992, restaurés puis incendiés au cours de la deuxième mi-temps d'une guerre de libération, puis récupérés par les rebelles dissidents qui y logeaient avec leurs familles et des centaines d'animaux domestiques qu'ils entretenaient.

L'entrée principale renseignait sur la nature du lieu. Des chèvres... Des coqs... Des dindons... Des commerces de beignets... Des brouettes... Des véhicules d'un autre âge... Des chaises sans pieds... Des filles-mères-anté-canetons qui vous pointent leurs rires sous le nez et vous agressent même si vous ne réagissez pas : « Vous, des impuissants, des bons à rien, des peureux, des villageois, des filles-nées, des hommes par hasard, venez ici, montrez-nous si vous pouvez nous faire gémir ! » Des filles-mères cuisinant çà et là... Ils traversèrent la cour peuplée d'enfants qui couraient dans toutes les directions.

Lucien voulut en savoir un peu plus sur la mission mais,

— Faut voir *La Traversée de Paris*, il occupe le film, t'as pas idée.

Requiem commença brusquement une conversation sur Jean Gabin. Il possédait une manie à lui d'esquiver les questions qui fâchent par le cinéma et son faible pour la musique tzigane. Trois heures du matin... Ils pénétrèrent dans le troisième entrepôt vers la gauche, une sorte de capharnaüm revu et tropicalisé.

Les grands esprits se rencontrent. Un homme bien bâti, treillis de camouflage, debout, nettoyant une mitraillette d'assaut, les accueillit à bras ouverts.

Requiem se précipita dans les présentations. 3 h 10... Ils prirent place à même des jerricans. L'homme héla une demoiselle, qui apporta des bouteilles et une série de joints. Requiem fit le point : impossible ces derniers temps de descendre dans le polygone sans être armé. Le mois écoulé, nous avons été canardés par la bande à Mort-Mort. Alors que nous acheminions la marchandise pour le lavage, ils ont ouvert le feu sur trois de mes hommes et se sont barrés avec la marchandise. La semaine passée, les têtes brûlées et la police des mines nous sont tombées dessus.

— Vous avez besoin de quoi ?

Il continuait à lessiver son arme sans même regarder ses visiteurs. Le Négus sortit un bout de papier qu'il glissa entre ses doigts.

— Tout ce qui peut nous permettre de nous frayer un chemin dans le roc.

Le militaire se leva, revint avec des kalachnikovs, des baïonnettes, des explosifs et des tenues.

— C'est le même matériel que la dernière fois, prière de me le retourner dans les deux jours.

Ils firent des comptes. Requiem sortit de sa sacoche quelques billets. 3 h 50...

— Les divinités se disputent les cieux et nous la terre. Ils ne peuvent pas nous empêcher de manger nos diamants, se plaignait-il.

Il maniait parfaitement les armes à feu. Ce qui est normal pour quelqu'un qui avait fait le Soudan, l'Angola, la Corée, l'ex-Zaïre, l'Israël et même le Rwanda. Comme la plupart des jeunes universitaires de l'époque, il s'était enrôlé pour soi-disant contrer les avancées de la deuxième vague de la troisième guerre de libération. Ils étaient nombreux aux portillons de l'armée à vouloir changer le monde, surtout qu'ils bénéficiaient, outre les formations à l'étranger, d'une solde à faire rêver.

Une fois dehors, ils se partagèrent l'artillerie. Lucien hésita. Ils le contraignirent à enfiler une tenue.

— Nous devons récupérer nos sacs.

Le Général dissident régnait sans partage sur la Ville-Pays. Il possédait à lui seul vingt comptoirs d'achat et d'exportation du diamant artisanal et était actionnaire dans presque toutes les entreprises tenues par les touristes. Il bazardait les concessions minières ou parfois même les donnait en cadeau à qui il voulait. Dans sa mégalomanie, il fermait et ouvrait la mine de l'Espérance comme bon lui semblait alors que toute la Ville-Pays vivait aux crochets de ladite mine. À chaque fermeture, une crise indescriptible frappait le pays pour le bonheur d'une minorité de touristes autorisés en tout temps à excaver. Mais les aventuriers et les négociants pissaient sur les décrets-lois du Général maniaque portant fermeture de la mine de l'Espérance. Ils s'infiltraient nuitamment dans les installations gardées par les affreux, la milice personnelle du chef, et autres services de gardiennage. S'ensuivaient des échauffourées qui duraient des heures, accompagnées de cadavres. Les têtes brûlées pactisaient avec les affreux, leur livraient des informations et s'attaquaient carrément aux creuseurs dont ils confisquaient la marchandise.

Les creuseurs lourdement armés, baptisés suicidaires pour leur détermination, ne se laissaient nullement intimider. Ils maniaient merveilleusement leurs kalachnikovs. Creuseurs ou rebelles dissidents ou touristes à but lucratif ou étudiants, dénominateur commun : la ruée vers l'or qui commençait à la gare dont la construction métallique.

Lucien, Requiem et ses amis grimpèrent dans une guimbarde, destination mine de l'Espérance. Requiem, qui prisait cocaïne sur cocaïne, soliloquait. Objectif 1, on récupère nos sacs... Objectif 2, une raclée à l'imbécile qui nous barre la route... Objectif 3, on disparaît dans la nature. Objectif 4, nuit de débauche au Tram 83. Ils étaient ivres morts de cannabis. La bande à Requiem rivalisait d'expériences à travers les ragots qu'ils débobinaient, des filles-mères aux cuisses-saucissons qu'ils auraient consommées pendant les cambriolages, aux gardes-miniers abattus de sang-froid, en passant par les multiples maisons de passe qu'ils évoquaient avec un air de nostalgie...

Dans son calepin, Lucien écrivit « les bouches sont infectées de mille pensées de cannibalisme à l'image de la Deuxième République. Que se mettront-ils sous la dent lorsque les frangipaniers donneront des goyaves et les eucalyptus des vers de terre ? »

La mine de l'Espérance située non loin du centre-ville passait pour une véritable tour de Babel. Elle était la principale pomme de discorde entre les différents protagonistes qui se l'arrachaient jusqu'à la dernière sueur. Les multiples services de sécurité ne vivaient pas en parfaite harmonie. Ils fonctionnaient selon les humeurs, les touristes et les intérêts à l'ordre du jour. Ils étaient difficiles à manœuvrer. Ils se trahissaient, s'affrontaient, sympathisaient, s'acharnaient sur les suicidaires, complotaient pour le Général dissident, recevaient des miettes des touristes d'origine britannique.

À quelques minutes du Polygone, Dragon et Mortel Combat partirent en éclaireurs. Ils ne tardèrent pas à revenir.

— La voie est libre.

Requiem chargea son fusil :

— Tirez sur tout ce qui bouge !

La mine de l'Espérance était la plus ancienne et la plus sollicitée de toutes les mines de la Ville-Pays. Une muraille parsemée de fil barbelé clôturait ses trente-quatre kilomètres sur quarante de superficie. Elle contenait des entrepôts, des hangars préfabriqués, des vieilles locomotives, des wagons et des guimbardes de la Deuxième République. Elle était réputée pour ses galeries souterraines bourrées de toutes sortes de minerais. Au nord-ouest de ce site au sol martien s'érigeait le fameux Polygone, des monticules de pierres et des cratères potentiellement riches en fer, cobalt, zinc et cassitérite. Les ragots qui divaguaient dans le Tram 83, le restaurant-bar Singapour ou même le bordel Vis-à-vis chez Tantine, grand-mère Corps-à-corps pour les intimes, insistaient sur le fait que même dans les territoires les plus lointains, au-delà du Moanda et même du Beach, de Brazzaville et de Gibraltar, il se trouvait des hommes qui étudiaient et qui connaissaient par cœur la mine de l'Espérance. Il faut se méfier de ces informations non fondées, débitées entre une paire de seins, une variante de salsa et une vodka versée par une aide-serveuse irritée par un caneton qui lui pique au nez un client sur qui repose toute son espérance.

Une fois à l'intérieur, Requiem dispersa ses hommes en guise de repérage. L'obscurité et une constante peur de recevoir une torgnole rendaient la marche difficile à suivre. Ils passèrent au peigne fin quelques bâtiments qu'ils ouvraient à coup de crosse. Pas grand-chose, quelques hardes laissées par des fuyards et autres sacs-poubelles à moitié pleins d'excréments de vache. Ils reprirent les recherches.

— Faible teneur, remarqua Requiem qui s'énervait déjà.

Lucien, qui ne savait à quel dieu se vouer, braquant une arme pour la première fois, suppliait Mortel Combat et Rougeole invincible de convaincre Requiem de foutre le camp. Mais le Négus persista encore à passer en revue les locaux.

— Peut-être qu'ils ont déjà évacué ma marchandise. Traçons une ligne imaginaire, peut-être que nous tomberons sur un autre groupe chargé, alors nous leur apprendrons à obéir sans se faire prier.

Il alluma une cigarette à base de feuilles de manioc.

Ils descendirent dans le deuxième cratère au centre du Polygone, creusèrent à la zaïroise deux sacs de graviers à laver non loin de là, sortie gauche du trou, tombèrent nez à nez avec une cohorte de têtes brûlées lourdement armées de machettes. Salutations parsemées d'ironie, œillades, regards en chiens de faïence, ils jugèrent moins important de se tirer dans les chemises pour des sacs sans contenu apparent.

Pour finir, harcelé par Lucien et ses amis pour qu'ils rebroussent chemin, Requiem déclara que cela relevait de l'amateurisme que de se trimbaler avec des armes, proposa de les enterrer et d'y retourner dès le soir, avec la rage de tout mettre à sac.

— Rentrons au Tram.

Ils finirent leur nuit de transgression au Tram 83 sous les lamentations lugubrement tragiques de la prima donna, la Castafiore, la diva des chemins de fer.

Le Tram 83 avait un faible pour le Négus. Il restait le même sur toute sa ligne. Il savait ce qu'il faisait, qu'on ne peut pas inventer une seconde roue, qu'on n'a pas à se faire du mauvais sang, que les règles du jeu sont clairement définies et que l'essentiel est de vivre avec tout ce qui vous tombe entre les mains... À partir du moment où, consciemment, dans sa tête, cette devise avait résonné : « la tragédie est déjà écrite, nous on préface », il ne s'empêchait pas de suivre son cœur. Il était simple et honnête même dans ses diableries.

Requiem était le contraire de Lucien qui énervait tout le Tram par sa langue de bois, hypocrite à griffonner sur des bouts de papier au lieu de nous dire la vérité en face et paresseux à l'égard des filles. Il nous fatiguait, Lucien. Il exagérait ! À quoi bon faire son intellectuel partout si l'équation doit rester la même. Les routes qui mènent vers la vérité et l'honnêteté sont coupées par des inondations, crasses, croûtes de chiens, mensonges, délestages, mais pourquoi s'entêtait-il à croire en un monde possible ? Pourquoi s'efforçait-il de réduire l'humanité aux rêves et citations qu'il glanait sur ses paperasses ? Ça s'appelle lâcheté, peut-être même amnésie ou même le mélange des deux. Le monde est irrécupérable, dixit Requiem... Supposons... Mettons au tiroir nos sentiments personnels, peut-être qu'il avait raison Lucien... Réfléchissons... Que ferions-nous à la place de ce poète maudit ? Réponse de Requiem : la tragédie est déjà écrite, on préface. Alors, préfaçons...

Le Tram fonctionnait vingt-quatre heures sur vingt-quatre. Ils restèrent à tâter les mamelles, à fumer et à boire jusque vers les deux heures de l'après-midi. Lucien, qui n'en pouvait plus, quitta le groupe plus tôt. Il avait concocté un cocktail explosif : vin + vodka + limonade + whiskys qui arrivaient du Beach Ngobila.

— Vous avez l'heure ?

Incapable de marcher, Requiem le laissa regagner seul la maison. Il vomissait, titubait... En échange de quelques pièces, une tête brûlée le raccompagna.

Des idées pour nourrir ses textes abondaient. Comment par exemple réduire de moitié les personnages de son théâtre sans casser l'intrigue ? Pourquoi pas, pour ne pas perdre la crédibilité de l'Histoire, structurer le texte en deux grands mouvements, à savoir : Les Matins brûlés et Les Saules pleureuses ? Il soupesait au plus profond de lui le monologue à débiter par Lénine lorsqu'on lui apprend que Napoléon est parti pour Sainte-Hélène accompagné de Mao Tsé-toung. Il essaya par tous les moyens d'écrire sur son calepin, peine perdue... Sa tête tournait. Ses membres lâchaient. Il se souvint du jour de son mariage. Il se roula sur son grabat comme quelqu'un atteint de syphilis. 16 h 10... Il finit tant bien que mal par s'endormir...

Aussitôt une série de cauchemars. Cauchemar 1, une locomotive pleine à craquer de minerais quittant dans un vrombissement infernal le quai 18 pour des horizons inconnus... Cauchemar 2, son grand-père qui lui demande de sauter dans le premier wagon, sinon « tu mourras tel un chien sans domicile fixe à vouloir t'accrocher à une ville qui ne te convient plus ». Cauchemar 3, des rebelles dissidents qui affrontent des étudiants en grève alliés aux creuseurs sous une pluie de pierres non loin du Tram... Cauchemar 4, des enfants-soldats qui mettent à sac les kiosques de la Ville-Pays... Cauchemar 5, des militaires qui poursuivent des filles-mères crépitements fourgons cris tirant en l'air... Cauchemar 6, des suicidaires qui forcent la banque du touriste propriétaire des hangars en face de la mine de l'Espérance... Cauchemar 7, un viol, parvis d'un temple... Cauchemar 8, un viol, avenue des Forcenés... Cauchemar 9, un viol, quai 7... Cauchemar 10, un viol collectif, des fellations et des bagarres rangées, boulevard...

Il se réveilla vers les dix heures du soir... Se précipita, une douche froide...

Onze heures passées, le temps de lire ses textes, un coup de fil de Paris, métro Clignancourt...

— Où en es-tu avec ton texte sur Lumumba ? Je me tue à prendre des contacts nécessaires.

Lucien chercha à le rassurer.

— Sois patient, juste quelques virgules et je t'envoie le texte.

Son ami voulait qu'il écrive aussi un article sur le dernier film d'Abderrahmane Sissako. Lucien hésita avant de se prononcer.

— Non, je ne dispose pas de mon temps...

Il se rappela l'avoir visionné juste avant son départ pour la Ville-Pays.

— S'il te plaît !

Lucien repoussa la requête. Mais son ami campa sur ses positions...

— Tu sais, le film a été salué par la critique internationale à Cannes...

— Mais...

Lucien accepta à contrecœur.

Il éprouva toute la peine du monde à remplir les premières lignes. Il s'identifiait au personnage principal, un certain Abdallah qui débarque dans une petite ville en attendant son départ pour l'Europe et qui est contraint de vivre en vase clos car séparé des habitants par une langue qu'il ne maîtrise pas.

Il se mit à l'épreuve. Impossible de continuer le papier. Les verbes lui glissaient des doigts.

Les prépositions le guettaient et prenaient la tangente. Les propositions subordonnées criaient leur indépendance. Les adjectifs fronçaient les sourcils et prenaient les rails de l'oubli...

Un coup de fil.

— Requiem, ma marchandise est sacrée !

Un sentiment de culpabilité le transcenda. Il n'aurait pas dû quitter l'Arrière-pays, se dit-il, quelle bêtise ai-je foutue ! Il aurait pu rester et arrêter avec ses mésaventures de littérature engagée ou se faire graisser la patte, ce ne sont pas les occasions qui manquent aux éventuels écrivains saisonniers : à chaque régime politique, tu produis ta littérature. Tu écris un poème épique sur la coiffure de la femme du président, on t'offre une maison ; un monologue reprenant les rêves du ministre de la Divination, de la Voyance et des Prophéties, on te paie un voyage à Venise ; un roman sur l'enfance du président, on te nomme ministre de l'Agriculture et de l'Élevage des bovins. Trop tard ! Il ramassa à tout hasard des bribes de phrases, arriva à une parturition qu'il s'empressa d'envoyer. Son ordinateur boycotta la transposition du document en PDF... Il s'activa. Dommage, délestage ! Il avait oublié que c'était un jeudi, que l'énergie devait subvenir aux besoins d'une petite entreprise minière du coin, que c'était connu de tous les habitants et qu'ils n'avaient nul droit aux revendications interdites d'ailleurs sur toute l'étendue du territoire national. Une idée lui vint : peut-être allumer une bougie et débuter un autre texte ? Oui. Par où commencer ? Il écrivit une suite d'arabesques qu'il essaya de lire à haute voix. À douze heures, le Négus débarqua avec trois canetons d'à peine douze ans.

— Tu en prends une, si tu veux, sers-toi.

Lucien se leva.

— Et toi, tu t'appelles comment ? (L'une des trois, seins prometteurs.)

Lucien prit sa veste.

— Donne-moi cinq cents francs.

Lucien sortit, la rage au ventre.

19. Religion de la pierre : on ne connaît pas la météo. On est la météo, pour ne pas te dire qu'on invente notre propre système solaire. Le soleil se lève à la gare du Nord et se couche au Tram entre deux seins-pamplemousses. Nous sommes les princes des nuées de la débrouille, les fils de la terre et du chemin de fer. Ici, le Nouveau Monde. Tu ne couches pas, on te couche. Tu ne manges pas, on te mange. Tu ne bousilles pas, on te bousille. Ici, le Nouveau Monde. Ici, chacun pour soi, la merde pour tous. Ici, la jungle.

Pas d'eau courante depuis presque deux semaines pour des raisons patriotiques, s'était excusé le Général dissident : « Vous savez c'est difficile de régler tous les problèmes au même moment, les mines ne produisent plus comme par le passé et si vous manquez d'eau et d'électricité c'est pour vous dire combien les bougres de l'Arrière-Pays ont mis le pays à genoux, d'ailleurs c'est à cause de cela que nous avions décidé de prendre les armes, à nous d'arranger la situation, ne nous en tenez pas rigueur, on va redorer les blasons juste une bonne nouvelle je pense ré-ouvrir la Mine 15 comme ça les étudiants pourront y travailler de nuit question d'arrondir leurs frais, ils ont trop réclamé les bourses d'études, dommage pour des patriotes pressés d'en découdre... »

Lucien rejoignit à pas pesants la bande devant le Tram. Requiem tenait à tout prix à ce qu'il se joigne au groupe. Plus vous êtes nombreux, plus vous pouvez faire face aux agressions. Plus vous êtes nombreux, plus vous prenez l'initiative d'attaquer. Plus vous êtes nombreux, plus vous emportez de sacs. À la différence d'autres sites miniers qui regorgeaient uniquement de diamants, de cobalt, de cuivre, de bronze, la mine de l'Espérance à elle seule fournissait tous les minerais précités. La contrée était tellement riche qu'une légende s'était créée selon laquelle, c'est vrai d'ailleurs, les habitants de la Ville-Pays creusaient dans leurs jardins, leurs maisons, au salon, dans les W-C, dans les chambres à coucher et même au cimetière. Toujours au cimetière, parfois, des funérailles se transformaient en festivités après la découverte, au hasard, d'une pierre à teneur considérable. On creusait même à la gare dont la construction métallique rappelle les années 1885, surtout de nuit, parfois même avec la complicité du bourgmestre du coin qui piochait aussi dans ses bureaux, s'affairant à fouiller de fond en comble les édifices publics. On sortait en une journée, racontait-on, des baraques et autres campements de fortune, des dizaines de sacs d'hétérogénite. Les maisons menaçaient de s'effondrer aux moindres pluies, avec ces fondations rongées, dérangées... Vous allez accepter de crever de faim alors que sous vos pieds reposent tranquillement de l'argent, du cuivre, du baryum, de l'étain, du charbon ? Du secteur mine de l'Espérance jusqu'aux Vampires orientaux, la ville prenait des aspects de site archéologique... Même les chèvres et les brouettes d'ici sentaient les carrières à cobalt. Toujours est-il que la Ville-Pays tellement convoitée perdit sa banlieue nord, payée en monnaie de singe par des négociants à capitaux étrangers, touristes aux multiples nationalités, cousins et nièces du Général dissident, les ressuscités de la Deuxième République.

Les creuseurs de diamant, pour se délester, préféraient laver et trier leurs sacs à graviers à quelques hangars de là, au bord d'une petite rivière, ne partir qu'avec les diamants ou la poudre, à faible teneur. Les plus entreprenants, audacieux et mercenaires, bravaient les coupeurs de routes, traversaient la Ville-Pays en quête des comptoirs tenus par des touristes, sacs à même la nuque, ou louaient carrément les biscottes et autres têtes brûlées. Comptoirs ambulants, des gens comme Requiem qui, connaissant parfaitement le système, écoulaient leurs produits n'importe quand et n'importe où.

Seul Mortel Combat adressait la parole à Lucien. Les autres le dénigraient...

— Intellectuel à deux sous.

Dans la famille de Mortel Combat, le goût pour les mines et les chemins de fer se transmettait de génération en génération. Son arrière-grand-père avait participé à la construction du premier chemin de fer et avait aussi travaillé comme mineur. Son grand-père, machiniste de son état, traînait le soir dans les carrières comme la plupart de ses contemporains. C'était presque une religion à l'époque, après le Père, le Fils, le Saint-Esprit, les mines et les chemins de fer, les canetons et les filles-mères, le Tram 83, la salsa et la rumba, le blues, le negro-spiritual et le jazz pour touristes à but lucratif. Son père, idem, machiniste et creuseur à temps partiel. Sa sœur entretenait des canetons et une gargote deux étoiles à cent mètres de l'ex-mine de la Houille. Sa sixième femme négociait les marchandises. Son frère cadet, qui poursuivait ses études à l'Académie des beaux-arts de Strasbourg, faisait honte au pays, entendait-on. Les étudiants de sa promotion et ses professeurs en venaient aux larmes : il ne dessinait, le pauvre, que des rails, des locomotives, des creuseurs avec leurs pioches, des danses nocturnes de canetons invétérés. Ses autres frères exerçaient différents métiers liés aux mines et chemins de fer, par exemple, soudeur, aide-machiniste, vendeur à la criée quai 15.

Requiem flirtait avec la grand-mère de Mortel Combat qui exerçait comme féticheuse professionnelle. Elle aidait tous les habitants à augmenter les chances de tomber sur un gisement à condition de pratiquer la position du missionnaire avec elle. On disait que tout le Tram, y compris les touristes à but lucratif, avait pratiqué le missionnaire avec elle. Son nom revenait dans toutes les conversations de magie noire. Elle était la plaque tournante entre le monde visible et le monde invisible. Les touristes faisaient la queue chez elle. Les Russes, les Anglais, les Italiens, les Canadiens, les ex-Zaïrois, les Japonais, les Ukrainiens, les Vietnamiens, etc. Elle leur permettait de communiquer avec les morts mais également d'accroître la chance de trouver la bonne pierre. Ainsi les apercevait-on, en file indienne, se bousculant, se tamponnant, caracolant, s'insultant de midi à minuit, chacun attendant désespérément son tour. Ils arrivaient, grâce à des verres convexes qu'elle appliquait sous leurs trognes, à tailler un brin de causette avec leurs grands-pères et arrière-grands-pères, jusqu'aux aïeux disparus lors des toutes premières expéditions. Elle tirait des présages, soignait les chagrins d'amour, instruisait sur les gisements potentiels, prédisait des événements à caractère mondial, entre autres la victoire d'Obama aux présidentielles des États-Unis, les Pendus de la Pentecôte, la chute du mur de Berlin, l'effondrement de l'Union soviétique, les attaques-courses poursuites des pirates somaliens avec la marine internationale, le transfert de Ribéry au Bayern de Munich, le coup de boule de Zidane, la mort de Jonas Savimbi...

Ils arrivèrent à minuit trente-cinq à destination. Les éclaireurs avancèrent et revinrent sans plus tarder. Entre-temps, il sortit son carnet et griffonna : « Que feront-ils de leurs dents lorsqu'il n'y aura plus d'herbe à brouter ? L'homme propose, Dieu dispose. Que feront-ils lorsque des jujubiers pousseront des cisailles ? Mangeront-ils ces mêmes cisailles ? »

Pendant ce temps, Requiem racontait une de ses multiples aventures avec une fille pré-nubile. Ils pénétrèrent dans les installations pas à pas. Le terrain sentait le roussi. Les têtes brûlées juraient, selon une radio, peut-être la Voix du Tram, qu'ils mettraient le feu à tout corps humain pénétrant les installations, parce qu'une de leurs amies avait été surprise en flagrant délit de fellation avec une cohorte d'étudiants-mineurs... Le problème est qu'ils étaient détestés par toute la Ville-Pays, suite à leurs chapelets de forfaits, et qu'ils le savaient.

Requiem, qui était pris d'ébriété, parlementait. Il oublia même où il avait planqué les armes. Ses huit compagnons de route, les huit béatitudes, suppliaient le Négus de se taire. Il ressassait ce qu'il appelait son film fétiche, *Le Clan des Siciliens*, un film réalisé par Henri Verneuil. Ils réussirent à repérer le lieu, déterrèrent les instruments... 00 h 52... Ils pénétrèrent dans les grottes. Requiem se déshabilla hâtivement, urina sans plus tarder, tourna autour d'eux six fois en récitant une formule incantatoire.

L'histoire raconte que les creuseurs reprennent, une fois sous terre, des chansons aux formules magiques pour de multiples raisons : 1. Alerter les divinités en cas d'éventuels éboulements. 2. Chasser les esprits de ceux qui ont été ensevelis au même endroit et qui viennent troubler l'ordre public. Mortel Combat partageait l'idée que ce sont les cadavres qui procréent les pierres. « Il en faut, des hommes, pour verser leur sang et pour qu'on vive, nous, avec les pierres multipliées... »

3. Trouver la force de tout casser. 4. Espérer de ces divinités une abondante récolte.

Quelques instants après le rituel, les pioches et les pelles pleurnichaient. Ils avaient fumé de l'herbe au préalable. Dans la Ville-Pays, c'était recommandé pour un travail de longue haleine. Mortel Combat, avec sa gueule qui puait les toilettes du Tram, frappait fort.

— Va faire le guet, insistait Requiem à l'attention de Lucien, et il repartait avec la chronologie du premier film de Jean Gabin. Les parois volaient en éclats. Dysenterie et Los Caballeros, venus de Cuba sur la trace de leurs ancêtres, empilaient la marchandise. Requiem, tel un capitaine en pleine bataille, assis et par moments debout sur un tertre, haranguait sa troupe, rigolait, bavardait... Il était réputé pour cela ; une des raisons qui lui valut le titre de colon, il te faisait travailler à te faire perdre connaissance. « Vas-y, frappe, marque un but, ne désespère point, vas-y ! » Lucien allait et venait, leur demandant de lever le camp. Du bruit, disait-il.

— À quoi sert une arme ? rétorquait le Négus. Qu'ils viennent, ils devront apprendre qu'on ne grimpe pas sur un train en marche, les pithécanthropes !... Règle numéro 20, les canailles sont là pour enregistrer des coups foirés. Qu'ils viennent !

Ils n'étaient munis que d'une seule torche ; de vraies taupes, ils frappaient, attaquaient, traquaient la pierre à l'intuition. Requiem, qui avait du tact, tâtait la matière et renseignait.

— À gauche, à droite, faible teneur, courage les gars !

Et pour détendre l'atmosphère, il récita ses premiers jours dans la Ville-Pays. Natif de l'autre bout, l'ancien pays, il était venu dans la Ville-Pays pour enterrer ses chagrins d'amour.

Il abandonna ses études pour son service militaire à l'époque où le Général dissident et ses frères commencèrent à attaquer le pays ou ce qui avait été le pays. Grâce à son appartenance ethnique, on lui fila un tuyau. Il n'avait rien à perdre puisque l'armée recrutait des universitaires qui devraient poursuivre des formations et stages sous d'autres cieux. De fil en aiguille, après moult réflexions, il s'engagea dans l'armée sans mot dire ni à Lucien, son meilleur ami, ni à Jacqueline, sa femme. Il se contenta d'envoyer, douze mois après son départ, une petite carte postale. Après Israël et l'Angola, il revint, avec un grade de lieutenant-colonel.

Il refusait les visites. Un jour, Lucien entreprit même de le voir à l'état-major pour lui apprendre que Jacqueline, sa femme à lui, Requiem, passait un mauvais quart d'heure, pas d'argent pour le loyer, pas de sous, pas de quoi nourrir son fils, son fils agonisant. Requiem ordonna que Lucien soit corrigé et incarcéré. Ça lui apprendrait à fureter dans la vie des autres, avait-il dit.

Entre-temps, les rebelles dissidents attaquèrent et s'emparèrent de deux petites villes. Requiem fut donc du nombre des lieutenants envoyés sur les multiples fronts. D'après radio-trottoir, Requiem et ses compagnons d'armes, y compris les tristement célèbres enfants-soldats, violaient, pillaient, massacraient...

On racontait qu'un militaire, haut gradé, avait trahi. Trahir signifie livrer des informations à l'ennemi, détourner les rations et les soldes des hommes, envoyer des soldats à la mort à force de changer de camp.

Les premières rumeurs sur son décès arrivèrent par un matin d'octobre. Jaby, qui nous était revenu de cette guerre brûlé au deuxième degré, certifia même que le Négus avant sa mort avait dit que Lucien devait prendre soin de Jacqueline. Mais le même Jaby rectifia ses propos. Requiem aurait dit : « Lucien m'a poignardé dans le dos ! » Après plusieurs mois, on eut écho que le Négus vivait toujours. Jaby s'excusa et avança qu'il avait juste confondu son visage, précisant que « là-bas, quand ça saigne on perd la notion du temps, on s'oublie, on ressemble à un même et seul personnage, on chie dans son froc, on ne voit plus rien et on se trouve comme des frères siamois à attendre la mort et quand quelqu'un passe l'arme à gauche, eh bien, on confond quoi ! »

Entre-temps, Jacqueline s'était installée chez Lucien.

Un matin, on aperçut un homme, maigre, assez maigre, suant à chacun de ses pas. Visage de naufragé. Les plus peureux coururent se cacher derrière le bar.

— Un revenant ! criait-on.

La foule se précipita à sa rencontre, le convia à l'alcool. Il refusa.

— Qu'est-ce que vous avez à me regarder comme ça ? Foutez-moi le camp !

À ses premières phrases, on comprit qu'une page d'époque était à tourner. Il n'était pas mort, rabâchait-il. Il était simplement tombé malade, un problème cardiaque... Respiration saccadée, nausées, mal au cœur...

Selon ses dires, on estimait à dix mille dollars la somme nécessaire pour le guérir de sa maladie de cœur, y compris les interventions chirurgicales et hospitalisations, à défaut d'une greffe qui coûterait les yeux de la tête à l'armée et que d'ailleurs on ne pouvait pas entreprendre sur place... Les médecins militaires lui conseillèrent de rentrer auprès de sa famille. « Ta maladie exige une prise en charge qu'on ne peut pas obtenir ici. »

Il s'entêta.

— J'ai tout perdu. Pas question de retourner là-bas ! Où voulez-vous que j'aille ? L'armée est tout ce qui me reste.

Il se rebiffa, mais on le fit grimper de force dans une locomotive à bananes.

Itinéraire : « Ta ville natale ! » Il descendit à la première gare, un village de quelque cinq mille âmes...

Là, il se fit loger par une femme qui avait le double de son âge. Et commença l'errance, de village en village, pour se faire soigner. Les bruits qui circulaient à l'époque parlaient d'une vingtaine de villages qu'il aurait foulés dans l'espoir d'une guérison. Il n'était pas question de rentrer, avec sa santé brinquebalante. Il savait très bien tout ce qui se passait de l'autre côté : la vie de couple de Lucien et Jacqueline.

Après quatre années de vie de contrebande, il rentra au bercail. Son retour coïncida avec la sécession de la Ville-Pays, saluée par les touristes et autres creuseurs qui excavaient même en temps de guerre. Une ruée vers la pierre se déclencha dans la région occupée par les rebelles. On ne jurait que par la pierre. Tous les garçons en âge de porter un sac-poubelle sautèrent dans la première locomotive. Les filles en âge de trafiquer la chair leur emboîtèrent le pas. Avec raison dans la mesure où l'Arrière-Pays traîne la malchance de n'avoir pas un iota de richesse souterraine. Après avoir essayé désespérément de reconquérir Jacqueline, Requiem se décida à son tour à gagner la Ville-Pays.

Ils creusèrent au total dix-sept sacs. Autour de cinq heures du matin, Requiem proposa de plier bagage, deux sacs par personne. Chacun, au prix de ses muscles, parvint à hisser son fardeau sur la tête, sauf Lucien... Mortel Combat l'aida à porter sa charge. Cinq heures, le temps courait...

Fallait faire diligence pour éviter de se faire tirer dans le dos... Le Négus devant, kalachnikov en bandoulière, sermonnait.

— Celui qui dépose la marchandise, je le flingue.

Lucien n'en pouvait plus. Il pleurnichait presque. Les amis de Requiem riaient sous cape.

— Mon calepin ?

Il se rendit compte qu'il avait oublié son cahier près d'un vieux wagon, là où il montait la garde. Il s'excusa afin de retourner sur les lieux mais Requiem s'y opposa.

— Aide-nous d'abord à mettre l'essentiel hors d'atteinte après...

Ils franchirent le portail... Lucien déposa son fardeau et retourna dans les installations... Requiem lui souffla dans le dos :

— Tu auras cinq pour cent par sac, ça t'apprendra à courir les femmes des autres.

— Paie-moi une robe.

— Donne-moi ton pantalon.

— Vous avez l'heure ?

Au loin, les premières lueurs, les musiques, les fatwas, les angélus, les rires des canetons post-adolescents, les filles-mères aux seins avariés, les aides-serveuses et serveuses du Tram, la grève et ses étudiants, les têtes brûlées et leurs chiens, les rebelles dissidents et leur envie de violer, le maire du coin sortant ses quinze sacs d'hétérogénite, l'éditeur avec une fille-mère-post-caneton, les crissements de rails, les lamentations tragiques de la diva des chemins de fer, la brume, la mélancolie d'une vie préméditée...

20. Arrestation ou livres d'Apocalypse, Corinthiens, Éphésiens, Genèse, Galates, Thessaloniciens et Colossiens 2, 21-23...

Lucien se mit à courir comme un lapin dans les installations de la mine de l'Espérance. Il savait ce qui l'attendait en cas d'arrestation. Il sentait comme des craquements derrière lui mais chaque fois qu'il se retournait, personne. Il trébuchait, s'allongeait sur le ventre, reprenait son souffle. Dans sa tête défilaient toutes les histoires des gars attrapés en flagrant délit au Polygone 64 de la mine de l'Espérance, qui se faisaient bastonner. Le Général dissident, dans ses discours qui duraient dix heures dont huit et demie consacrées aux minerais et locomotives, rappelait que personne n'avait le droit de se balader sur les sites, à moins d'avoir une autorisation signée de ses propres doigts. Le Négus ripostait, règle numéro 5, que les mines comme les rails nous appartiennent, mais il y en a qui se les approprient et qui pensent, complexe de supériorité, que la vie a commencé avec eux.

Lucien repensait à tout ce que ce carnet contenait, à Jacqueline et à Émilienne. Si le Négus n'avait pas insisté pour qu'il rentre ce soir-là avec des filles, aurait-il fait connaissance avec Émilienne ? Il l'aimait comme sa sœur, ce que personne ne voulait croire. L'amitié entre un homme et une femme n'existe pas. Il avait de la considération pour elle peut-être parce qu'elle était la seule créature du Tram qui ne cherchait pas nécessairement à soutirer de l'argent à un homme. Émilienne s'accrochait à lui espérant qu'il cèderait. Mais Lucien n'avait pas du tout besoin d'une histoire avec elle. Il tenait à son mariage avec Jacqueline. Il lui disait qu'il était officiellement marié et qu'il ne pouvait pas se permettre une coucherie. La vérité est qu'il était incapable de faire son deuil. Tous les gens qui débarquaient dans la Ville-Pays commençaient d'abord par faire le deuil de leur vie antérieure qu'il s'agisse des touristes, des canetons ou des creuseurs.

Tout le Tram lui disait que pour son bien, comme il travaillait beaucoup et qu'il restait dans son monde, il devait manger les fruits défendus avec elle. Il traitait de pervers tous ceux qui lui reprochaient de ne pas flirter avec les canetons du Tram 83. S'il vous plaît quelle perversité y a-t-il à ramasser quelqu'un au Tram et à passer une nuit au chaud avec elle, sans oublier les avantages charnels et matériels ? Quelle perversité y a-t-il à presser un caneton au bord de l'extase ? Quelle perversité y a-t-il à aider par compensation une fille-mère au bord d'une agonie pécuniaire ? Il disait qu'il ne l'avait jamais touchée et que lorsqu'il était rentré avec elle dans la chambre, il avait juste passé la nuit à lui poser des questions sur la Ville-Pays.

Il courut encore longtemps, franchit à gué les lignes à haute tension installées à hauteur de genoux. Traversa les hangars, se précipita dans la grotte. Rien, à part l'odeur buccale de Mortel Combat. Il se rua à l'extérieur de la galerie souterraine. À quelques mètres la locomotive au bord de laquelle il faisait la sentinelle. Il fureta, ramassa le carnet et se mit à détaler. Il répétait spasmodiquement des prières apprises dans son jeune âge. Apocalypse 12, verset 3... Livres des Corinthiens et de Malachie... Psaumes 40... Genèse 8, 3-9... Psaumes 17... L'éternel est ma lumière et mon salut : de qui aurais-je crainte ? L'éternel est le soutien de ma vie : de qui aurais-je peur ?

Psaumes 27, verset 1...

5 h 52...

Il entendit comme des aboiements. Il ne connaissait pas d'autres sorties. Il fonça vers le portail. Face à lui, juste devant la sortie, munies de leurs chiens, des têtes brûlées gloussaient, allure désinvolte, cigarettes, chaînes, cordelettes, bâtons...

Ils promenaient de gros chiens alors que dans toute la Ville-Pays, les chats, les chiens et les rats (à griller aux pommes de terre avec piments et une bière bien fraîche) étaient traqués au même titre que les diamants et le chlore. Une question que les touristes se posent : pourquoi les nécessiteux, sans domiciles fixes, vagabonds et autres fous à lier, trimbalent souvent de gros chiens ? Les sociologues, anthropologues et autres vétérinaires ont du pain sur la planche.

Pourraient-ils expliquer ce genre d'excentricité ? Tous les faubourgs recherchaient désespérément des chiens à foutre au four alors qu'eux, malgré leur faim, affectionnaient ces bestioles. Peut-être une piste de recherche pour les étudiants en sciences humaines, répétait le Négus, par exemple : « Rapports de bon voisinage ou poétique d'une migration urbaine, hommes des rues et chiens errants : essai d'analyse sociocritique. »

Même le fils aîné du Général dissident, avec le regret d'un joueur de jazz, nous expliquait ce qu'il nommait « la tendresse gaspillée et jetée dans les chiottes de l'humanité ». Il nous expliquait qu'en Europe, beaucoup de gens possèdent des petits chiens qu'ils couvrent de tendresse alors que lui, avec tout ce qui lui manquait comme tendresse, lors de ses périples, languissait, seul, telle l'unique locomotive du quai 76. Il disait, avec sa jambe amputée, qu'il rêvait parfois d'être un chien d'Europe, un fox-terrier à poil dur ou un West Highland white terrier, et de profiter de toutes ces tendresses-là. Reprenons ses phrases, « Imaginez-vous, en plein Paris, des magasins de vêtements pour chiens, des magasins de manger pour chiens, des salles de jeux pour chiens, des hôpitaux pour chiens, des casinos pour chiens, des salles de musculation pour chiens, et même des chiens qui partent en vacances, ski, natation, cerf-volant... » Avec un visage plus triste encore, il évoquait une femme qui avait tenté par trois fois de se suicider parce que son caniche fuguait. Il disait qu'il y avait un avantage considérable à être un chien de petite carrure, « Vous ne dormirez pas dehors, et puis les femmes et les enfants vous adorent, vous couvrent de mille cadeaux, ils vous ouvrent la porte de leurs chambres, pas de niche, j'insiste». Toutes ses conversations tournaient autour des chiens d'Europe qui vous pillent la tendresse humaine.

Une fois à Paris, disait-il, je logeais chez une amie rue du Château, de part en part des bibliothèques et des supermarchés pour chiens. Un après-midi de Noël, nous partîmes en vadrouille sur les Champs-Élysées. Imaginez ma douleur : des hommes, des femmes et des enfants en compagnie de leurs chiens. — Je n'en peux plus d'assister à ce spectacle, j'ai besoin d'un peu d'attention et d'amour et, vous, vous les jetez par-dessus bord ! L'amie, qui voyait mon désarroi, se perdit dans des explications. C'est difficile de te faire comprendre ce que je veux te dire. Nous sommes sensibles aux animaux domestiques qui apportent à notre quotidien un certain ordre dans l'exactitude de notre confort, étant donné que c'est de plein gré que nous nous soumettons à leurs façons d'être et réagissons à l'ambiguïté de notre identité primordiale.

Lucien s'arrêta, voulut rebrousser chemin...

— Bonsoir messieurs...

Les chiens continuaient à glousser. Ils s'avancèrent vers lui.

Ils étaient une vingtaine.

— Que me voulez-vous ?

Lucien tremblant de peur.

— Tu viens d'où ?

L'un d'eux, sûrement leur chef.

— S'il vous plaît...

Les chiens continuaient à glousser.

— Je suis venu accompagner des amis et puis...

Il commençait presque à faire jour.

Six heures du matin...

— Si tu veux qu'on te laisse la vie sauve, dis-nous où vous avez planqué la marchandise.

Deux chiens s'avancèrent, commencèrent à humer son pantalon.

Ils s'approchèrent, sortirent leur arsenal composé de poignards, couteaux, baïonnettes, frondes, tournevis.

Il posta dans son froc.

Épître des Apôtres, chapitre 5...

Ecclésiaste 1, de 1 à 9...

Les armes étaient maintenant au-dessus de sa tête.

— Ils sont partis avec la marchandise.

Il pensa à son ami, porte de Clignancourt, qui se battait corps et âme pour qu'il soit joué en Europe et au Brésil.

— Tu rigoles ou quoi ?

Lucien savait qu'il existe quatre types de têtes brûlées : 1) Celles qui vivent et dorment au marché, moins nuisibles, mendiants et voleurs à la tire. 2) Celles qui campent à la gare et qui dorment à l'intérieur des locomotives, semi-nuisibles. 3) Celles qui déambulent autour du Tram, nuisibles. 4) Et enfin, celles qui opèrent dans les mines, extrêmement nuisibles.

Ce sont soit des soldats démobilisés, soit des adolescents provenant des familles à la dérive fuyant la famine et autres corvées du genre « aujourd'hui, c'est ton tour de nourrir la famille, bouge-toi le cul pour nous ramener de l'huile de palme, du poisson salé, de la farine de manioc et des allumettes », soit des étudiants défroqués.

Leur âge, selon les saisons et la fréquence des trains à la gare dont la construction métallique : de huit à trente. À trente et un ans, ils deviennent suicidaires ou bandits de grand boulevard, qui vous tranchent la gorge à peine la nuit tombée.

— Qu'est-ce que t'es venu foutre ici ?

— Je suis rentré juste pour récupérer ce carnet.

— Voyons...

— S'il vous plaît, pitié...

— Enlève tes godasses !

Il enleva ses godasses.

— Donne ta ceinture !

Il donna sa ceinture.

— Fais voir ton sexe !

Il fit voir l'engin.

— Pas mal...

Les chiens...

— Pitié...

— T'as une tête d'intellectuel.

Les chiens continuaient à glousser.

— S'il vous plaît...

— Récite d'abord *La Chèvre de monsieur Seguin*.

Il récita la première moitié de *La Chèvre de monsieur...* Ils s'esclaffèrent.

— Oncle Seguin, vieux Seguin...

Ils s'esclaffèrent...
Les chiens...
— Prends ça...
Il prit...
— Suis-nous.
Éphésiens 10...
Les chiens continuaient à glousser...
Ils déchirèrent les premières pages du carnet... Ils y glissèrent quelques feuilles de chanvre... Ils confectionnèrent de longs cigares... Ils fumèrent successivement...
Ils discutèrent de ce qu'ils pouvaient faire de cet intellectuel garçon de courses de petits creuseurs aux aisselles pourries...
— Un coup de pioche en plein crâne...
— Il est déjà mort...
— Le salaud...
Les chiens continuaient à glousser...
Luc 2, 17...
Ils sortirent par la grande porte... Les chiens continuaient à glousser...
Éphésiens 10...
Il faisait presque jour, un petit soleil à l'horizon... Les chiens continuaient à glousser...
Ils empruntèrent la nationale 2...
Les chiens continuaient à glousser...
Les chiens continuaient à glousser...
Les chiens continuaient à glousser...
Quelques passants s'arrêtaient, repartaient rapidement, de crainte des représailles.

— Tu interviens, ils t'arrangent le portrait...

Les chiens continuaient à glousser...

Ils infligeaient des sévices pas possibles à ceux qui s'immisçaient dans leurs affaires...

8 h 37...

Les chiens...

Apocalypse 30...

Les chiens...

Il posta de nouveau.

Apocalypse 15...

Les chiens continuaient à glousser...

21. Conservatoire de Vienne.

Ils déambulèrent avec Lucien dans toutes les rues de la Ville-Pays. Les chiens continuaient à glousser...

— S'il vous plaît...

— Et si on le livrait aux affreux ?

Ils décidèrent de le remettre au poste de police le plus proche.

Les policiers en tenue civile saluèrent à grands cris l'acte patriotique.

Le commissaire, tout en décortiquant des bananes qu'il avalait à grandes becquées :

— Nous sommes là pour faire observer la loi, cet incivique mérite une bonne raclée !

Les chiens...

— Monsieur le commissaire, des cigarettes...

Il leur remit un paquet.

— Courage, petits frères...

— S'il vous plaît, mon carnet...

Le grand manitou hésita, sortit le calepin, déchira quelques pages qu'il enfouit dans ses brodequins.

— Attrape, incivique !

Les chiens continuaient à glousser...

Ils restèrent dans l'enceinte du commissariat à se partager les clopes. Le commissaire tira le pauvre Lucien par le col de sa chemise jusqu'à son bureau. Dans les couloirs, quelques policiers, chemise non enfilée, astiquant fusils et baïonnettes.

— Assieds-toi là-bas...

Lucien s'assit. Un bureau en piteux état. Quelques chaises plastique.

Un transistor trônant sur une table basse. Derrière le commissaire, une gigantesque et vieille affiche en noir et blanc des Beatles. Dans un coin, un sac-poubelle plein de paperasses.

Les murs jaunis par l'âge. Les plafonds, idem. Le pavé, ibidem. Pas de fenêtre, juste un ventilateur soutenu par un bâton.

— On est quel jour ?

— Lundi, monsieur le commissaire...

Le commissaire s'essuya le visage avec son avant-bras gauche...

— Tu parais gentil, dommage que tu sois maudit. Chaque lundi, nous évacuons nos locataires pour le Centre pénitentiaire.

— Vous voulez dire que vous allez me transférer à la prison centrale ?

— Affirmatif !

Le commissaire fouilla dans ses dossiers, sortit quelques fiches.

— Identité, déclinez !

— S'il vous plaît...

— On n'a pas assez de temps devant nous.

Il déclina son identité.

— Ta famille devra se faire violence pour te sortir de nos murs. Suite aux toutes dernières évasions, on vous tient tous à l'œil. Les verrous sont renforcés.

Lucien tremblait de peur.

— Je peux voir ce carnet ?

Lucien s'exécuta.

Le commissaire fureta rapidement, l'air étonné...

— C'est vous qui lancez les tracts ?

Toutes les bourgades de la Ville-Pays vivaient au rythme des tracts que des étudiants distribuaient pour clamer leur indignation. Ils étaient rédigés avec un accent de mépris, de menace, d'ultimatum. Si vous ne nous remettez pas l'eau courante et l'énergie électrique, nous brûlerons les rails, les trains, les églises, les mines de cuivre. Si le Général dissident s'entête, nous brûlerons la Prison centrale, les commissariats et la maison de sa septième femme.

— Je ne suis pas un étudiant, et puis c'est un agenda, rien de plus...

Il pensa longuement aux vociférations de son ami, porte de Clignancourt, « Lucien, qu'est-ce que tu fabriques ! Tous les noirs du monde entier attendent désespérément que tu achèves ce texte. Lucien, grouille-toi, ton théâtre-conte, la diaspora est au bout de sa patience. Lucien, nous les noirs de France nous attendons que ton œuvre nous réhabilite ».

M. le commissaire se leva, mit en marche son transistor.

— Tu connais Harry Belafonte ?

— S'il vous plaît, monsieur, je n'ai rien fait de mal...

Il alluma une cigarette.

— Ne laissez personne arpenter le Polygone de la mine de l'Espérance, paroles de la Dissidence. Je ne fais qu'exécuter les ordres de mes chefs. À ma place, tu agirais de la même manière. Nous travaillons dans des conditions difficiles. Vous devez nous faciliter la tâche. Tout le monde se dit innocent. Je ne peux malheureusement rien pour toi...

— Monsieur le commissaire...

Il changea la fréquence de sa radio, les programmes, les résultats de courses hippiques...

— Gilberto... Gilberto... Gilberto !

Il héla le militaire responsable du protocole, censé être devant sa porte. Gilberto ne répondait pas. Il gribouilla au hasard des chiffres sur un bout de papier.

— Peux-tu me rendre un service ?

— Monsieur...

— Je pronostique sur une course hippique à Vincennes. Ces derniers mois, les chevaux nous jouent des tours. J'ai pris dans l'ordre le 9, le 15, le 6, le 21, le 7... J'hésite entre le 16, le 35 et le 9, qu'est-ce que tu en penses ?

— Prenez le 16.

Rires de M. le commissaire qui transpire comme une viande de porc dans une assiette.

— T'as peut-être raison, j'y pensais aussi, le 16. Mais pourquoi le 16 ?

— Je suis né le 16 mai 1953...

— Ma femme est née aussi un 16. Mon ex, j'allais dire.

Il le regarda attentivement, dressa ses bras vers le ciel tel un explorateur découvrant une civilisation perdue.

— Juste une vodka et dix pesos et je te laisse partir.

— Je n'ai pas un rond et même si j'en avais. Je hais la délation, la corruption...

Lucien ne mettait pas d'eau dans son vin, quel gugusse. Tu as la possibilité d'être acquitté, mais tu t'obstines à te vautrer dans des théories sans jambe ni colonne vertébrale. Avec un type pareil, quel avenir, un vrai poltron ! Si c'était Requiem, il négocierait sa libération sans chercher midi à quatorze heures. Lucien, quel énergumène. Tous les canetons du Tram fantasmaient sur lui. Elles l'adoraient, voulaient flirter avec lui, le vénéraient, l'aguichaient... Elles disaient haut et fort que c'est l'homme le plus gentil de la terre. Elles étaient à ses pieds, en suppliant « emmène-nous dans ton lit, nous n'avons jamais baisé avec un intellectuel, encore moins un écrivain ». Mais Lucien, toute honte bue, se réfugiait dans ses paperasses, s'enfermait dans sa littérature, quittait le Tram à vingt-deux heures à peine, refusait de danser avec l'aide-serveuse aux grosses lèvres qui ne le quittait pas des yeux, alors que nous autres, nous rêvassions d'une telle popularité auprès de la gent féminine. Toutes ces incongruités énervaient Requiem pour qui « Lucien », nous reprenons ses mots, « est une insulte à la virilité ».

Depuis qu'un ethnologue avait effectué un voyage en Europe avec un caneton, toutes les filles du Tram pourchassaient les quelques rares intellectuels qui traînaient dans la Ville-Pays. Elles disaient à qui voulait qu'elles aussi trouveraient un intellectuel et qu'elles partiraient avec lui, loin du Tram, loin de la Ville-Pays, loin de nous, à Prague, Odessa, Zagreb, Budapest, Belgrade... qu'elles se marieront en grande pompe, accoucheront de très beaux enfants et qu'elles reviendront au Tram pour ridiculiser les creuseurs, boycotter l'aide-serveuse aux grosses lèvres et se venger des touristes qui avaient tripoté leurs seins sans payer l'addition... Au lit et même dans les toilettes mixtes du Tram, elles modifiaient sensiblement la chronologie des préliminaires lorsque le client s'avérait être un intellectuel. Caresse-moi d'abord le nombril et, puisque nous y sommes, parle-moi de la Deuxième Guerre mondiale, apprends-moi les mathématiques...

M. le commissaire de police parlait sans pause, argumentait, dépeignait la Ville-Pays, rappelait ses exploits lors d'une des multiples guerres de libération, critiquait les Américains, enfonçait Lucien dans ses contradictions...

— Si tu ne fais pas un geste, qu'est-ce qu'ils vont manger, mes enfants ?

— Vous appelez ça la justice ?

— Oui...

— Je regrette...

— Une vodka et dix dollars, la liberté devant toi...

— Je ne vais pas chanter dans votre chorale !

Le commissaire se mit à rigoler.

On frappa à la porte.

— Entrez !

Gilberto avec une bouteille.

— Pour vous, monsieur le commissaire.

— Rompez !

M. le commissaire fouilla dans le sac-poubelle, un vieux tissu... Il prit deux verres qu'il essuya en un tournemain.

— Vous savez, je suis le seul sur cette terre à avoir encore la tête sur les épaules. Parfois, je me demande comment je fais. Vous tous, vous méritez la potence. Vous pouvez aller le dire au Général dissident... Je n'ai pas fait mes études de droit pour la galerie, et je rends justice à ma manière. Savez-vous combien...

— Non merci.

Lucien repoussa le verre que lui tendait le commissaire.

— Savez-vous quelles souffrances j'endure lorsque je me retrouve avec des individus comme vous ? Potentiellement innocents...

Le commissaire vida d'un coup le premier verre. Il ramassa son transistor, une cassette audio, *La Légende de la ville invisible de Kitège et de la demoiselle Fevronia*, de Rimski-Korsakov.

— J'adore la musique classique. Chaque note concourt à une spéléologie, la spéléologie de l'âme, quelle sensibilité, quelle profondeur ! Je disais... Je ne sais pas si tu me comprends... Je suis père de famille et tu n'es pas sans savoir que nous ne recevons plus rien de ce gouvernement. Si je ne bouge pas ou si vous, vous refusez de bouger, comment voulez-vous que je noue les deux bouts de l'année ? Je ne suis pas comme vous autres et je n'ai pas assez de temps pour déambuler dans les mines. Je suis tiraillé par ma conscience. Je prends les pourboires de ceux que j'estime innocents et je les libère sur-le-champ. Lorsque je vous ai aperçu, un esprit m'a dit que vous étiez innocent, d'où votre présence dans mon bureau. Pour les autres, on ne fait même pas de papier... On les jette dedans, point à la ligne. Vous, votre famille aura quand même un fil conducteur pour les premières démarches. Qu'elle réserve déjà un gros et gras pot-de-vin. Je ne te raconte pas des salades. N'hésitez pas si vous avez des sœurs. Elles peuvent faire avancer votre dossier assez rapidement, je dis bien rapidement !

— Je comprends, mais...

Le commissaire resta immobile, la main droite sur le cœur.

— J'adore cet extrait, écoute ces chœurs parlés, la splendeur...

Il posa son verre, frotta énergiquement son crâne.

— Je sens une présence soutenue...

Lucien profita de ses extases pour se verser une gorgée.

— Avec cette musique, on devient fou ! C'est son chef-d'œuvre, sens ce dialogue entre le chant et l'orchestre, les résurgences russes m'extasient. Il a achevé cette œuvre monumentale après cinq années de dur labeur. Est-ce qu'on peut y aller ?

— Où ?

— Tu as dit non à mon pourboire.

— ...

Lucien se mit debout.

Le mélomane referma ses dossiers. Il éteignit l'appareil. Ouvrit ses tiroirs, une ceinture...

— Tiens ça.

Il demanda à son prisonnier de le suivre.

— Merci.

Ils traversèrent des couloirs lugubres et moites au bout desquels...

— Si jamais t'as envie de parler musique, n'hésite pas... Tu viens. On cause. Je suis sûr que tu vas t'en sortir, tu es de la race des vainqueurs, ça se voit.

Une pièce sombre avec des barreaux, toute l'odeur d'un négrier, un bruit infernal.

— S'il vous plaît !

Des bras, des jambes, des injures, des lamentations, des rires aigus, des prédications, l'assurance, la chaleur, l'orgueil et la majesté d'un piano frotté.

— Plaisir est mien d'avoir fait votre connaissance.

Une variante de salsa chahutée par un individu en signe de protestation.

— Je t'exempte de toute torture.

Il voulut s'expliquer mais les policiers ne lui en laissèrent pas le temps.

— Commissaire...

En un clin d'œil, ils ouvrirent la grille, le poussèrent...

— Veuillez agréer, monsieur le nouveau, nos salutations les plus harmonieuses et sentimentales !

Le type qui criait sa salsa estompa son lyrisme de révolté pour lui présenter ses civilités dans un brouhaha inimaginable.

Vers les six heures du soir, cinq fourgonnettes vinrent les évacuer pour l'ex-prison centrale.

Le commissaire lui souffla quelques mots.

— Tu t'en sortiras, mon vieux !

— Je l'espère bien.

Il était régulièrement débordé par cette foule de malfaiteurs et autres piètres innocents qu'il devrait gérer avant leur transfert dans les quelque trente-huit prisons de la Ville-Pays dont le célèbre Centre pénitentiaire. En une journée, on coffrait, pour un cachot de quelque deux mètres sur deux, six personnes, parfois même dix, qui devaient attendre une bonne semaine pour laisser la place aux nouveaux venus.

Outre l'exiguïté de lieu, ils souffraient de plusieurs maladies, ils crevaient de faim, ils brûlaient d'envie d'une vodka assortie d'un gigot de chien ou simplement de l'éternel besoin de se recycler auprès d'un caneton aux seins-grosses-tomates.

À vouloir partager son faible pour la musique classique, le commissaire avait fini par installer des baffles dans le trou et tenait mordicus au respect de son petit horaire. Lundi à partir de minuit, Stravinski et Bach. Mardi, vers les huit heures du soir, Tchaïkovski suivi de Dmitri Chostakovitch. Mercredi après les corvées consistant à désherber sa plantation de canne à sucre, le *Vesperae solennes de confessore*, Mozart. Jeudi, place à la famille Strauss. Vendredi, samedi et dimanche, soit le chant grégorien soit les Beatles soit Alexandre Konstantinovitch Glazounov soit Chopin soit Sergueï Rachmaninov.

Le drame encore est qu'en pareille situation, ils n'éprouvent nul besoin de prêter l'oreille à cette musique du mélomane : son cachot était surnommé à juste titre le Conservatoire de Vienne, et la musique n'avait rien à voir avec la salsa nationale, d'où cette nouvelle race de prisonniers qui chantaient à tue-tête en signe de protestation.

— Je te conseille le dernier Sergueï Sergueïevitch Prokofiev. Tu t'en sortiras, crois-moi...

Rire jaune et réponse de Lucien.

— Je l'espère bien.

— Je ne fais que mon devoir.

— Merci monsieur.

Le commissaire resta à regarder les prisonniers, menottes aux poings, enfoncés dans les fourgonnettes, pareils à des sacs à gravier. Confère quai 17, gare qui se résume à une construction métallique inachevée, démolie par des obus, des rails et des locomotives qui ramènent à la mémoire la ligne de chemin de fer construite par Stanley...

22. Éloge de la torture.

La torture est l'un de points de démarcation entre une république bananière organisée et une république bananière chaotique, autrement dit désorganisée. Lucien ne l'ignorait pas. D'où sa crainte de se retrouver dans ce piteux bureau de police. L'ancien pays, qui n'existe aujourd'hui que sur papier, relevait d'une république bananière organisée. Les bourreaux officiaient dans de très bonnes conditions. Ils avaient à portée de main plusieurs ustensiles de torture : des chevalets, des brouettes, etc. Ils bénéficiaient de formations et de stages de professionnalisation à l'extérieur du pays. Ces monstres considéraient le corps du détenu comme un machin, une chose, un appareil voire même une œuvre d'art. Ils maîtrisaient tous les recoins de l'anatomie humaine et appliquaient la torture avec tact et génie. Il se créait, à la longue, une certaine complicité, un respect mutuel ou une confiance morbide entre le geôlier et sa victime. Cette dernière devenait même supérieure à son malfaiteur lorsqu'elle prenait conscience que son bourreau était à son service, ne torturait pas par hasard, avait été recruté pour cette sale besogne et souvent dans la crème intellectuelle de la société.

La Ville-Pays partageait toutes les caractéristiques d'une République bananière désorganisée. Les gars qui torturaient dans les différents cachots étaient tous de petits parvenus, ramassés çà et là au cours de multiples guerres de libération. Ils étaient pour la majorité étudiants sans université, journalistes autodidactes, creuseurs, anciens enfants-soldats, têtes brûlées, affreux paresseux... Ils ne possédaient aucun instrument de torture, aucun chevalet, aucun câble digne de son nom... Ils en ignoraient les techniques basiques à part la technique du chiffon qu'ils appliquaient approximativement.

Souvent, ils se limitaient à frapper les détenus avec des bâtons et des tabourets. Or, la torture est avant tout un art, une discipline artistique au même titre que la littérature, le cinéma ou la danse contemporaine. Tous les détenus dans les bas-fonds de la Ville-Pays regrettaient amèrement les bourreaux d'hier, ces monstres qui travaillaient avec la précision d'un horloger suisse. Lucien, lui qui était jadis de toutes les marches de protestation, ne supportait pas, même dans le moindre de ses rêves, l'idée de finir derrière les barreaux quels que soient les tortionnaires.

N'eût été Émilienne, il serait resté dans son cachot jusqu'au retour du Christ.

23. Au Tram pour s'identifier à la musique des blancs, parlementer et grignoter des brochettes à base de chien aux champignons, en quatrième de couverture la bière-de-Brazza.

Pour désamorcer la bombe entre les frères ennemis, Émilienne proposa une rencontre au Tram pour des tournées de bière.

Requiem refusa.

— Lucien me déplaît !

Elle chargea Mortel Combat d'entreprendre des négociations. Il devait convaincre les protagonistes de la nécessité de cette soirée de beuverie. Il accepta volontiers, mûrissant de folles idées pour ses seins qui alimentaient moult débats sur l'anatomie du corps féminin.

Requiem se rétracta à condition d'être accompagné de toute sa bande qui vous buvait de la bière, vous n'avez pas idée. Lucien hésita comme toujours.

— Vous avez l'heure ?

C'est dans cette atmosphère qu'ils convinrent de l'heure et de la nuit qui correspondaient avec le concert de la diva des rails. Mortel Combat arriva en premier, pour solliciter les services rapides d'aides-serveuses, vu les circonstances de la rencontre.

On servit la boisson. Émilienne s'excusa.

Requiem et ses disciples s'adressant à l'écrivain :

— Pauvre mec.

Leurs propos convergèrent sur des détenus et des écrivains qui trafiquent dans la mine de l'Espérance, qui se font attraper et qui sont libérés par des femmes et qui manquent d'énergie pour finir avec eux au grabat. Ils rigolaient tels des bambins alors que des applaudissements pleuvaient sur la diva.

L'éditeur s'assit à leur table. Il chargea la victime de questions, sans lui laisser le temps de répliquer.

— Et mon théâtre-conte ? Qu'as-tu fait de mes personnages ? T'as réussi à les diminuer de moitié ?

Pauvre Lucien, il se souvint dans la foulée de son copain, Paris 18, porte de Clignancourt, qui attendait ces mêmes textes.

— Pour moi les préliminaires c'est comme la démocratie. Si tu ne me caresses pas, j'appelle les Américains.

Il téléphonait à partir d'un taxiphone. Comme il croulait toujours sous les dettes, il s'arrangeait pour limiter les dépenses en s'efforçant de rappeler à Lucien toutes ses obligations en moins d'une minute. La conversation téléphonique ne durait donc que cinquante-six ou cinquante-huit secondes tout au plus, car en règle générale, en France et partout ailleurs, le gérant de la cabine comptabilise une minute pour les secondes en trop. Il devait tout cracher en moins de soixante secondes de crainte d'utiliser une minute et quelques poussières et qu'on l'oblige à régler pour deux. Pour éviter les mauvaises surprises, il griffonnait son message sur un bout de papier. Dès que Lucien décrochait le téléphone, l'homme de Clignancourt se mettait à hurler, aussi rapidement que possible, tel un journaliste commentant le combat de boxe Mohamed Ali-George Foreman. Le message était sec, soigneusement dépouillé de toutes les fioritures du genre « bonjour », « ça va ? », « à bientôt ». Chaque seconde équivalait à cinquante mots. Par appel téléphonique, mille mots pour dynamiser cet énergumène de Lucien. Avant de composer le numéro de l'écrivain, il se désaltérait d'une gorgée d'eau, se concentrait, respirait profondément, rappelait à lui la fonctionnalité de tous ses muscles et s'extirpait du monde. Il n'avait pas tort.

Le taxiphone qu'il fréquentait était toujours surpeuplé. Signes particuliers : des femmes avec des nourrissons pleurnichant, réclamant tétons et autres amuse-gueules. Le plus dur à braver n'était pas le concerto baroque des mioches mais les vociférations de leurs mères ou d'autres clients incapables de causer au téléphone sans s'époumoner. Il fallait donc voir l'homme de Clignancourt, le téléphone farouchement accroché à l'oreille gauche, l'index de la main dextre bouchant l'oreille droite.

Pendant ce temps, Négus et ses disciples lâchaient des quolibets.

— Il se dit écrivain alors qu'il vit aux crochets d'une ex-fille-mère-frelatée !

La diva, des salves...

Seul Mortel Combat prenait sa défense.

— Vous tirez sur un animal déjà mort.

— Quelqu'un se bat de midi à quatorze heures pour ta promotion, et toi, tu te permets de coucher sur tes petits lauriers.

— Lucien, le théâtre-conte, fais vite !

Dieu n'oubliait pas les siens. Le carnaval, après le Club Cuba et le restaurant-bar Singapour, passa par le Tram.

— Je ne te quitte plus des yeux !

L'éditeur disparut.

Idem la bande à Négus mais sans le Négus.

Lucien, dans son carnet, griffonna : « Les filles-mères-canetons, seins pantelants et cuisses tragiques, aguichent les touristes à but lucratif et font de ces migrations somnambuliques leur credo. »

24. Littérature-locomotive...

Lucien tenait à parler avec la diva. Il l'invita à déguster des brochettes à leur table. Elle lui proposa de s'installer à l'extérieur. Ce qui réjouit le Négus du fait qu'il était habituel d'établir un rapport de cause à effet entre les brochettes et le chien à l'état brut. Requiem n'était pas le seul à mûrir pareilles idées. Équation : plus vous assistez à l'abattage, plus se démultiplie l'appétit.

Nombre de clients préféraient qu'on égorge le chien qu'ils mangeraient en leur présence. Ils buvaient... Ils fumaient... Ils s'amourachaient dans les installations mixtes du Tram... Ils discutaient... Ils partaient vérifier les processus de la cuisson... La proximité facilitait les allées et venues des uns et des autres.

— Vous avez l'heure ?

Requiem passa sa commande sans consulter ses amis de table.

— Cuisse de chien à la moutarde. Comme entrées, quatre rats grillés, pas de sel.

— Je déteste les préliminaires.

Le chef cuisinier et ses acolytes arrivaient au crépuscule avec les ustensiles de cuisine et les bêtes entreposées sur deux chariots, ligotées à la manière des fagots, les museaux avec des fils de fer et des boîtes de conserve. Ils exécutaient leur besogne à quelque dix mètres de l'entrée principale. La liturgie répondait toujours à la même chronologie : soit on jette l'animal encore ligoté dans un fût d'eau bouillante soit on l'assomme avec une barre de fer soit on le pend de telle sorte qu'il trépasse à petit feu en enlevant artistiquement la peau qui paraît-il sert à fabriquer des chaussures dans les pays froids d'Europe. Quelle aubaine, cette proximité, poétique de la distance !

Lucien interpella la diva accrochée aux lèvres de Requiem, qui radotait ses hauts faits et ses envies d'ailleurs.

— Je réfléchis sur le concept de « littérature locomotive » inspiré de votre travail.

La diva sourit :

— On peut se tutoyer.

— Je voudrais bien travailler avec toi...

Requiem toussota.

— Explique-toi.

Lucien sortit un bout de papier qu'il s'apprêta à lire.

Requiem, qui ne voulait pas que Lucien prenne la parole, le dévisageait avant de s'égarer dans ses racontars de cinéma.

— T'as vu Jean Gabin, dans *Le Pacha*, quelle carrure, ce mec ! Il me fait penser à Lino Ventura dans *Les Barbouzes* sauf que...

Lucien se sentit vexé.

— Bonsoir.

Il se redressa pour partir mais la diva l'attrapa par la manche de sa veste et s'excusa. Il se reprit et poursuivit avec ses histoires de petite locomotive.

— Littérature-locomotive ou littérature-train ou littérature-tram ou littérature-rails ou littérature-chemin de fer ou littérature-lignes de fer, mon écriture accuse des parentés avec les chemins de fer qui partent de la gare qui se résume à une construction métallique inachevée, démolie par des obus, des rails et des locomotives qui ramènent à la mémoire la ligne de chemin de fer construite par Stanley. J'ai découvert cela, un soir que je me baladais sur le quai 10. Tu avais un spectacle et ta voix longue comme la pluie me parvenait, me poussait à réfléchir, à m'évanouir, à m'éclater, à me maudire, à me défaire sur la place publique.

Requiem qui embrouille :

— Sacré Ventura, faut le voir dans son dernier film !

Lucien :

— Je me rends compte que je cherche désespérément dans mes phrases les souffles de vie qu'ont ces trains-là, les trains d'ici. La prestance, l'orgueil, la rage canine, la vétusté et la rouille qu'ils traînent. Je cherche dans mes phrases la romance qu'ils affichent et trimbalent. Bref, j'ai un faible depuis quelque temps pour les chemins de fer... J'ai cherché l'homme, j'ai trouvé le train. (Rires.) Si cela ne dépendait que de moi, je passerais toute ma vie dans les gares, savourant la voix des passagers, leurs allées et venues, les glissements, crissements, vrombissement des wagons, les ambiances et atmosphères propres à nos frères creuseurs et étudiants en mal de liberté...

Requiem qui se déglingue.

— Sacré Lino Ventura, faut le voir dans son dernier film !

La diva avec sa beauté :

— J'utilise les bruitages qui communient avec les miens. Je suis née dans un train, me disait ma mère adoptive. Tu vois ce que je veux dire, les rails, la route, les rails, l'exil... Je n'ai jamais été une chanteuse de talent. C'est la vue de la gare qui m'a poussée à chercher les reliques enfouies sous ma peau. D'abord pour satisfaire le ventre car il me fallait à tout prix vin rouge, jambons et morceaux de pain. Par la suite m'est venue une espèce de rage d'inventer ma généalogie.

Requiem continuait à parler, rigolait pour brouiller la conversation.

— *Maledetto Ferragosto*, son dernier...

La diva suspendue :

— Qu'est-ce que tu me veux ?

Lucien comme dans un nuage :

— J'envisage de lire et de jouer mes textes sur les bruitages enregistrés des chemins de fer, tes bruitages. Il s'agira de trouver un espace de création, moi et mes textes, toi et ta voix.

La diva :

— Tu m'étonnes.

Requiem, de peur que Lucien lui pique la vedette, se mêla avec emphase à la discussion :

— Je vois toujours, dès que je pénètre dans les wagons, mon grand-père et ses aïeux faisant travailler sous un soleil de plomb de pauvres mecs comme moi. Les lignes de fer me révoltent, le dégoût qu'on éprouve après avoir passé sur un caneton qui vous explique pendant l'acte qu'elle est dans ce no man's land de l'existence, parce que sa vie équivaut au quinzième commandement : tu mangeras à la sueur de tes cuisses, sois chaude et persévère !

Tout le monde le savait, Requiem n'aimait pas qu'on aborde l'histoire de l'humanité si on peut le dire ainsi, qui le renvoyait à moult versions sur ses origines. Ses amis d'enfance, sauf Lucien, rabâchaient que sa mère viendrait d'Angola, que son père aurait été un armateur grec, que son grand-père aurait perdu la vie au cours de la construction du chemin de fer... Il ne supportait jamais qu'on fasse allusion à son enfance. Il devenait agressif, insultait, prenait les creuseurs à témoin, jurait de vous apprendre à garder votre langue.

Il s'était opposé au mouvement de l'Authenticité en renonçant à son nom de famille, bref, comme lui-même le disait, « se débarrasser d'un voile qui vous empêche de prendre calmement votre petite bière ». Mais pourquoi ce complexe ?

Le poème qu'il avait déclamé à l'Université nationale, comme manifeste pour l'idéologie de rupture avec le cordon ombilical, avait été écrit par Lucien. Ce jour-là, l'amphithéâtre de Droit était bondé d'étudiants avec des banderoles, hurlant « authenticité,

authenticité » et Requiem débitait son *Requiem pour une ville morte.*

Je n'en veux plus des racines me liant à des aïeux perdus dans la brousse et autres fosses septiques de l'Histoire.
Je n'ai cure d'un passé qui s'arrête à mi-chemin.
Qu'ils me laissent vivre l'urgence de mon sort !
Qu'ils me laissent inventer mon système solaire !
Qui a dit que je leur dois une récompense à la fin du mois ?
Je suis le paludisme
Je suis l'arbre qui cache la forêt
Je ne donnerai pas mes fruits avant la saison sèche
Se débarrasser ?
Je suspends le lien du sang.
Je coupe mon arbre généalogique !
Assez de mendier un passé désuet !
Requiem pour l'insolence.
Requiem pour une vie sans préambule.

Requiem n'était-il pas en définitive la doublure de Lucien ? Séparés, à des milliers de kilomètres l'un de l'autre, par les drames, les fêlures et les folies, comment arrivaient-ils à vivre sous un même toit ? Certaines langues coupaient court. Ce sont les enfants d'un même père, qu'ils soient d'accord ou non.

Lucien :

— Les bruitages sont des monuments historiques, des œuvres littéraires, des poèmes, des tragédies...

Par-devers les rouilles et accessoires, on palpe l'histoire, l'histoire des peuples, la mémoire de la migration...

Requiem (à bout de souffle) :

— Écoute Lucien...

La diva (joyeuse) :

— Je trouve ton idée géniale !

Requiem (presque en colère) :

— Lucien, peux-tu me rendre service ? Va m'appeler ce caneton, là !

Lucien résista.

— Juste lire des bouts de mes textes sur les bruitages, tes bruitages qui m'invitent à la vraie débauche, la débauche de l'esprit, qui n'a rien à voir (en dévisageant le Négus et en insistant sur les mots) avec vos descentes dans des bassesses qui me poussent à une révolte extasiée...

Requiem, déboussolé :

— Lucien, est-ce qu'on peut parler d'autre chose ?

La diva comprit les manèges du Négus.

— Est-ce que tu peux venir ?

Ils s'écartèrent pour causer. Requiem en profita pour boire la soupe et la bière qu'ils avaient laissées. Pour apaiser son courroux, il commanda les services d'un caneton. Ils se précipitèrent vers les installations mixtes.

Lucien nous incitait à la jalousie. Il nous énervait. Toutes les filles l'estimaient. Les serveuses et les aides-serveuses susurraient que c'est un bon garçon. La mère supérieure le désirait. Les touristes voulaient à tout prix qu'il travaille avec eux, payaient ses additions.

Ils rentrèrent des installations, sueurs et rires, le caneton et sa petite jupe froissée.

— Je me sens soulagé.

Lucien et la diva revinrent au bout de près d'une heure de conversation.

Requiem se lâcha sur son ami :

— Qu'est-ce que tu fabriquais avec notre diva nationale ?

La diva, pour montrer ses forces, avec ironie :

— J'adore ça ! Viens danser avec votre diva nationale...

À l'intérieur du Tram, de la salsa.

— Non merci. Je ne sais pas danser...

Comment est-ce qu'un garçon de cet âge pouvait avoir de la peine à dansoter sur une belle musique comme celle-là ? Et de surcroît, avec une aussi belle et suprême créature que la diva ? Quelle honte nous éprouvions ! Du jamais vu depuis le début de l'histoire de l'humanité ! Tu fais comme si nous étions dans la Bible alors que non. Le Négus le fixa. Dans son regard, la colère et la désolation.

Requiem hausse le ton :

— Viens ici ! Viens danser avec moi, sinon je te casse la figure !

La diva crache par terre :

— Je refuse de me salir.

Requiem, insolent :

— Salope !

Lucien, perdu dans ses paperasses : « Donc, lorsque j'écris, j'ai comme l'impression que mon âge diminue de moitié ou même de quinze, dix-sept voire trente-cinq ans... J'ai comme l'impression de retourner dans le ventre de ma mère et donc de n'avoir de comptes à rendre à personne. J'oublie coup sur coup et mes hardes et ma tuberculose et mes déboires et mes vieilles paires de chaussures. »

Sois clair, cher Lucien, ça signifie quoi, « retourner dans le ventre » ? Sombrer dans la dépression ? Refuser de brouter de belles brochettes de chien aux pistaches hachées ? Fuir les événements qui se présentent à toi ? Ne pas descendre au Polygone ? Vivre aux crochets des autres ? Un comportement de malade, Lucien, tu mens, tu n'as jamais été toi-même depuis que tu as foulé le sol de la Ville-Pays ! Tu n'as jamais été toi-même depuis toujours !

Il hoquetait et poursuivait, « J'écris donc je jouis... Mais hélas, mes orgies ne sont jamais éternelles ! Je suis appelé, toujours, par la conscience, elle me dérange, elle me dit retourne sur ton texte. C'est, je crois, l'étape la plus difficile dans la chronologie d'un texte que d'y retourner et cette fois-ci, non pas avec l'ivresse d'une bière à base de maïs ou même les attitudes propres à une nuit de transgression, mais avec l'honnêteté et la probité d'un honnête père de famille...

« C'est à ce moment qu'on se rend compte que le texte est sans oignons, que la soupe est de trop, que les carottes ne sont pas cuites, que les épices manquent considérablement à l'avènement d'une bonne cuisine... On se rend compte qu'un grand extrait triche, que telle phrase a mal aux yeux, que les propositions subordonnées pillent la sérénité du rythme, que les personnages abîment leur destin et frôlent la dépression, que le titre manque de charme ou, dans le pire des cas, que l'histoire, disons l'intrigue, disons l'ossature du texte ne tient pas la route et que le texte est soit à refaire, soit à donner à manger aux chiens et autres charognards de la Deuxième République qui, après avoir petit-déjeuné, déjeuné, soupé, siesté, dîné, barbecué, attendent, langue pantelante, la manne qui tomberait de ce ciel qu'ils ont honni, partition de la démence. »

Le Négus allumant une cigarette, avec insolence.

— Salope !

— Vous êtes un peu timide ?

— Veux-tu danser avec moi ?

La diva est comme une sorcière. Lorsqu'elle te regarde non seulement tu ne peux pas supporter son regard mais aussi tu as comme l'impression qu'elle connaît ta vie, qu'elle la connaît mieux que toi, qu'elle sait ce que tu vas répondre, avec quel caneton tu as couché hier soir, où et à quelle heure tu as déféqué, pour quel touriste tu creuses ; tu as comme l'impression qu'elle influence même tes réponses.

— C'est juste que je suis un peu fatigué...

Elle insista :

— Fais-moi plaisir, Lucien.

— Salope...

— S'il te plaît...

— Salope...

Nous restâmes quelques minutes dans la fumée et la colère du Négus, la lâcheté et l'indifférence de Lucien écrivant ses sottises, la beauté et l'inquiétude de la diva de chemin de fer, à humer le désespoir et les expressions impossibles.

— La salope...

Soudain, des cris à l'intérieur du Tram, mêlés de pleurs. Nous nous précipitâmes.

Des attroupements le long et dans les toilettes mixtes. À même le parquet, deux petits corps de canetons, gisant, inertes et pâles. Deux creuseurs profitant ou tentant désespérément de faire du bouche-à-bouche... Les touristes avec leurs téléphones alertant des ambulances qui n'arrivaient plus, les serveuses sollicitant leurs pourboires, les musiciens continuant à jouer, les canetons se disputant un touriste.

— Vous avez l'heure ?

— Tu ressembles à mon ancien copain.

— Donne-moi cinq shillings.

— Viens, que je t'enseigne des histoires de grandes personnes...

— Avec ou sans capotes...

— Emmène-moi à Varsovie...

— J'ai une poitrine siliconée...

— Je ne suis pas comme les autres qui vous piratent les sentiments, avec moi, tu n'oublieras jamais !

Les rumeurs. Trois versions. 1) Elles étaient grosses, elles auraient pris des pilules pour avorter, les responsables de ces grossesses seraient des touristes de seconde zone... 2) Elles auraient pris un poison mortel pour dire non à l'existence qu'elles étaient condamnées à mener... 3) Elles seraient parties voir un devin pour acquérir le don d'appâter et il leur aurait ordonné de ne pas goûter aux brochettes à base de chien. Or, tout le Tram les avait vues grignoter du chien, en pièce jointe tequila et vodka tropicale. Piste que privilégièrent les affreux qui emportèrent les corps dans la foulée des chaises, sacs-poubelles, pelles, pioches, tables et bouteilles qui sautaient... Psaumes 12, 45. Et pourtant la nuit avait bien démarré ! Blessé par un projectile, Lucien sous une table, sur son calepin, écrivit : « Des corps incertains errent dans la poussière de leur vie sans W-C. »

25. Diva : une vie de locomotive, rebelle aux tempêtes de l'histoire ainsi qu'à la géographie de la perte. Nuit d'alcool : La diva est une femme qui offre aux hommes de multiples nationalités la possibilité de quitter leur corps l'instant d'un trémolo.

Elle ressemblait étrangement à Maria Callas tant par le visage que par le jeu d'acteur et la tessiture vocale. Sa voix enchantait et vous poussait les touristes dans des extases inextinguibles... Sa coiffure. Le trémolo de son rire et sa sympathie pour le public. Ses yeux qui vacillaient comme si elle fouillait les passés, les combines, les éboulements, les descentes au Polygone, les longs et lents désirs de consacrer cultes et monuments aux Mérovingiens et autres luxures : envie de baiser au noir, transgression élevée au rang des vertus les plus nobles, transactions et autres accords de partenariats scellés entre deux vodkas, marchandises, brochettes appelées à une certaine époque nature morte, poissons de seconde main datant des années 1990 et passant d'une chambre froide à une autre, d'un pays à un autre, d'un continent à un autre avant d'échouer dans les restaurants-bars-bordels malpropres de la Ville-Pays, quoique placés par la dissidence sous le signe de la reconstruction nationale et de la lutte contre la famine, révolution de la modernité, ainsi de suite.

Elle était arrivée comme par hasard dans la Ville-Pays. Elle croyait gagner le Nigeria dans l'espoir de travailler à Lagos dans un grand hôtel comme elle aimait à le rappeler en prélude de chaque spectacle, mais le destin en avait décidé autrement. Elle s'était rendu compte qu'elle ne pouvait survivre dans cette ville dure à cuire que grâce à ses cordes vocales et elle avait tenté l'impossible, si bien qu'elle s'en était sortie... Au début de sa carrière, elle était la risée du Tram, Chaperon rouge, on l'appelait, puis vinrent les bruitages enregistrés, puis ses chansons qui égayaient, qui vous trimbalaient un certain bonheur puis une certaine reconnaissance internationale. De quelles origines était-elle ? Son visage, l'Asie donc la Thaïlande, le Cambodge ou même l'Inde, dans une certaine mesure le Pakistan. Comment faisait-elle pour pratiquer plus de quarante-huit langues dont le roumain, l'étrusque, l'allemand, le russe, le wolof, le polonais et l'amazigh ? Son air de gitane et de baronne en même temps, une espèce de bourgeoisie déchue ou plèbe en quête de modernité et des allures de paon pour couronner le tout.

Les touristes qui s'immisçaient dans sa généalogie tentaient de l'accaparer avec leurs bières, voitures de luxe, villas, mines...

— Vous êtes resplendissante dans cette robe verdoyante ! Madame ou Mademoiselle voudra-t-elle nous tenir compagnie ?

— C'est gentil...

Elle déclinait leurs offres avec délicatesse... Diva, la diva, la diva, hurlait alors le Tram, tout le Tram 83, en chœur unique, puis en chœur dispersé.

De mémoire d'homme, aucune fille n'avait eu autant de succès que cette jeune personne. Des bagarres éclataient avant et après chaque concert. Tout le monde prétendait qu'elle venait de son pays d'origine, tout le monde jurait qu'elle était sa sœur, tous les hommes voulaient finir dans son lit.

26. Lucien et Malingeau : un duo inutilement débile.

On parie que Lucien fut le seul à ne pas sentir le poids de la crise provoquée par le Général dissident. Chaque fois qu'il avait des pannes d'érection, le Général fermait les mines. Il pouvait nous priver d'excaver pendant deux semaines lorsqu'il était incapable de satisfaire les canetons qui grouillaient dans son harem. Ses caprices influaient sur les beuveries du Tram. Tout le monde rechignait : les serveuses et les aides-serveuses, les canetons, les affreux, les biscottes, les têtes brûlées, les touristes de seconde classe...

Enfant gâté, logé et nourri par Requiem, qu'est-ce qu'il avait d'autre à fabriquer à part ces lignes avec lesquelles il nous énervait à remplir ses carnets, quand bien même la situation sentait le roussi ? Au sortir d'un train, il rencontra Mortel Combat, qui avait une marchandise à livrer et le salua.

— Bonsoir monsieur.

— Je ne suis pas monsieur...

— Tu fais quoi ?

— J'aime me confondre aux bruitages de nos trains, une promenade de santé...

— Ah ! Bon, nous, on ne se promène pas inutilement. On creuse, on fouille, on n'a pas de temps mort ! Ça me déprime même que des individus censés être occupés se livrent à cette activité qui n'offre rien en retour !

Lui sourcilla.

— Je te laisse à tes rêvasseries...

— Tu vas où ?

— Au Tram, une bière, peut-être une séance avec un caneton...

Il s'arrêta pour écrire. Le temps pour Mortel Combat de traverser les rails...

— Attends-moi...

Il arriva à sa hauteur, essoufflé.

— J'ai une séance de travail au Tram, moi, avec mon éditeur.

— T'as une cigarette ?

— Non.

Il sortit son calepin.

— Attends-moi, juste un paragraphe...

— Tu ne fumes pas, tu ne baises pas, tu ne bouffes pas de chien, tu ne descends pas au Polygone, tu ne livres pas de la marchandise, tu fuis les filles, tu ne prends pas de liqueur, je me demande ce que tu fais dans la vie !

Au lieu de s'énerver, de riposter, de sauter sur Mortel Combat, il se contenta d'un simple sourire, quel homme !

— Vous avez l'heure...

— Vous voulez quoi ! Tu n'es pas au parfum de cette crise toi !

Devant le Tram, nous fûmes pris en tenailles par des créatures maquillées, vêtues comme au cirque...

— Dégagez !

Lucien s'arrêta pour s'excuser de ces phrases jugées trop rudes envers ces jeunes personnes. Mortel Combat s'arrêta aussi et le heurta des épaules.

— Je comprends pourquoi Requiem te prend pour un extraterrestre.

Ils entrèrent...

Le Tram était plein jusqu'à déverser les clients le long de la voie ferrée. La diva interprétait Piaf sur ses éternels bruitages préenregistrés. Ce qui plut à Lucien, qui, avant même de prendre place, déballa son projet :

— Nous prévoyons un duo.

L'éditeur soupira.

— Cette fille n'a rien à t'apprendre.

— C'est juste un projet et rien de plus !

— Sa voix de crocodile me dégoûte.

Il ne mangeait pas du chien, l'éditeur. Il en commanda pour Lucien. Mais l'écrivain se décommanda.

— Je préfère une canette de bière, pas assez faim.

À l'époque, on abattait dans le seul secteur de la mine de l'Espérance cent quatre-vingt-treize chiens par semaine. Époque où l'organisme américain « Save the dogs in Africa » estima que trente-deux pour cent du chien étaient consommés dans le quartier des Vampires, quarante-cinq pour cent dans la commune des Carbonades et vingt-trois, dans le Camp Sud.

Ils étaient venus avec des bergers allemands éduqués à comprendre et exécuter tout ce qu'on leur disait pour mieux sensibiliser sur la question du chien, oubliant que, à quelques exceptions près, toute la viande de la Ville-Pays provenait de chien et de cheval morts... On racontait que ces bergers allemands comptaient de un jusqu'à dix, qu'ils marchaient sur deux pattes, qu'ils murmuraient des berceuses, qu'ils allumaient la télévision, qu'ils savaient vous préparer du café, qu'ils savaient lire et qu'ils savaient écrire... Les mêmes sources insinuaient les avoir aperçus avec leurs maîtres dans les carrières pour des affaires courantes. Les touristes américains de l'organisme américain « Save the dogs in Africa » raffolaient du Tram.

Requiem arriva avec un drapeau d'un pays d'Europe de l'Est.

Les aides-serveuses apportèrent les boissons.

— Pourboire.

On apprit qu'un soir des canetons qui complotaient avec des creuseurs avaient mis dans les verres des Américains des racines à vous faire dormir, et qu'une fois qu'ils avaient été incapables de lever leur petit doigt, elles s'étaient emparées des clés de leur appartement, de leurs vêtements, de leurs cellulaires, de leurs chiens, bref des rognons aux champignons qu'on mangea vingt-quatre heures après cet incident au restaurant-club Singapour, au petit-déjeuner du bordel Les griots solitaires aux exquis plaisirs, au quai 17 de la gare dont la construction métallique se résumait... Sans nous saluer le Négus trempa dans le plat de son voisin ses doigts écorchés par une vie de débauche. Mortel

Combat jasait que ses doigts méritaient une fière chandelle : ils étaient entrés partout où des doigts pouvaient intervenir...

— Pas trop cuits...

Les Américains déposèrent des plaintes qui restèrent lettres mortes. Comment reconnaître trois canetons dans une ville qui en compte un millier ? Ils parlèrent de brouillages des relations diplomatiques si on n'arrivait pas à trouver les criminels...

Ils firent beaucoup de bruit avant de prendre un train pour l'Arrière-Pays où ils seraient arrivés sans bagages, un coup fomenté, disait-on, par les mêmes creuseurs, qui digéraient sûrement les bergers allemands aux champignons, suivis d'une vodka et d'une partie de plaisirs du bas-ventre au bordel Le Paradis le plus proche, tenu de main de maître par mère Eugénie, tante paternelle de Christelle.

— Comment se portent mes personnages ?

— Pas mal. Je suis parvenu à les réduire de moitié...

Il tendit à son éditeur un manuscrit qu'il tourna et retourna aussi vite que possible...

— Je vois là dix personnages, qu'est-ce que les huit autres viennent foutre ? Je t'ai dit de me pondre un texte à deux personnages !

Rires de Requiem.

— Mais, monsieur, la dernière fois que je vous ai vu avec mes textes, rappelez-vous ce que vous m'avez dit : tu réduis les vingt personnages à dix et je te publie ! C'est ce que j'ai tenté en escamotant une bonne part de l'histoire...

— Écoute, Lucien...

— Mais, monsieur...

Il ouvrit à tâtons les premières pages.

— Rappelle-toi, monsieur...

— Toi là-bas, dit le Négus à l'éditeur, je suis venu pour l'affaire en question.

Une cohorte de canetons...

— Messieurs, besoin d'une compagnie, pour vous faire oublier vos femmes qui manquent d'initiative et de créativité...

Au Tram 83, impossible de converser sans être interrompu ! Avec la crise et les affrontements qui nous avaient vus nous frotter les uns aux autres, les canetons étaient devenus plus agressifs, exigeants, allant jusqu'à vous tirer par la chemise. « Et nous, qu'est-ce que nous allons manger si vous devez rester dans vos petits coins ? »

— Allez-vous-en !

— Donnez-nous cent...

— Vous avez l'heure ?

Une aide-serveuse arriva avec la bouteille de Requiem.

Lucien sortit son calepin, écrivit : « Elles réclament au vitriol leurs droits et devoirs, mais par-devers leur courroux, on sent qu'elles ne se soucient pas de l'avenir, qu'elles mènent une vie de château : pour preuve, les habits de marque qu'elles enfilent, leurs lèvres, dorées comme un bonheur, qui nous incitent à y poser les nôtres. Je me demande comment elles se débrouillent. La crise subsiste, elles se plaignent mais finissent par boire, jouer au poker, rire, chanter, vanter leurs seins à la silicone, tancer les touristes de seconde zone malgré l'animosité de ces derniers. Se trouve-t-il des misères plus habillées ou la misère est-elle un bonheur suprême, déguisé ? »

— Je veux mon pourboire, monsieur.

— Admettons que je l'accepte, ce texte, avec les dix personnages, ne te rends-tu pas compte qu'ils vacillent entre les lignes ?

— Pas trop cuits, les rognons.

— Si vous ne nous donnez pas un peu d'argent, nous restons plantées ici !

— Toi, la petite, ton buste me fait vaciller, n'est-ce pas Lucien ?

— Pourboire.

Imaginez l'atmosphère, les filles-sans-calbars, l'aide-serveuse, Lucien, l'éditeur, les rires des creuseurs alentour et les susurrements d'une rangée de canetons vers les toilettes mixtes, accrochés aux rails de notre diva nationale...

— Mais monsieur, tu n'as même pas lu et tu portes déjà des jugements sur le texte...

— Écoute, mon vieux, tes personnages n'ont pas l'air de se tenir sur une scène !

— Tu penses déjà à la mise en scène ?

— Ils sont peu crédibles, ils ont honte d'exister... Ils nous fuient... Je ne dis pas qu'il n'y a pas de texte...

— Donnez-nous cent...

— Pourboire...

— Ça parle de toi ?

— C'est par là que nous devrions commencer. Vous voyez, vous n'avez même pas encore lu et vous prêtez...

— Écoute, Lucien...

— Monsieur l'éditeur, je ne vais pas attendre votre littérature, tout de même ! L'histoire se passe dans une gare. La pièce est divisée en quais. Il y a dix quais, donc dix tableaux. Dix personnages qui ne se connaissent pas attendent un seul individu. En fait, ils se connaissent, pourrait-on dire, par personne interposée. Et toute la pièce grandit avec leurs projets, rêves, souvenirs, sympathies et haines vis-à-vis du type qui vient...

— Pourboire...

— L'intrigue et les personnages ne me plaisent pas tellement. Ou peut-être que si tu rallonges à vingt personnages pour plus de visibilité...

— Monsieur...

— Messieurs, nous avons de quoi vous donner un plaisir fou...

— Je dis que ton texte empestera les rails et l'histoire de la première mine. La littérature est autre chose que ce que l'on voit... On en a marre de ces balivernes. Nous savons tout sur les trains donc mets-toi à l'abri de ton inspiration...

— Je vous remercie pour tout, cher monsieur...

Il se tint debout, au grand bonheur de canetons qui trouvèrent en lui un client potentiel.

— Je te propose un marché, un autre marché.

— Tu veux dire...

— L'Afrique n'intéresse pas grand nombre d'intellectuels, disons qu'elle n'est plus exotique comme il y a quatre cents ans. Je te propose de me revenir avec ce même texte mais que l'action se déroule en Colombie... Tu vois ce que je veux dire, avec les FARC, la jungle... Prends ça pour contexte. Que l'histoire se passe dans la jungle...

— Si tu as fini, Lucien, j'ai à causer à ce type. Vous n'allez pas nous faire poireauter pour de la littérature ? Dis donc, toi (à l'intention de l'éditeur), je ne savais pas que derrière ton casque d'explorateur, tu t'attardais autant sur...

— Recrée les mêmes personnages, ils ont besoin d'un cœur pour marcher. Écris avec tes tripes. Investis dans leurs vicissitudes. Imagine des scènes de partouze. Fais de leur vie un univers burlesque et réaliste en même temps, le juste milieu dans un contexte purement colombien...

— Je vois ce que tu veux dire. Mais que faire de ce texte ?

— Tu es écrivain et tu me demandes ce que tu dois faire de ton texte ?

Il pensa à son ami, porte de Clignancourt, qui tempêtait chaque fois parce qu'il traînait avec ses textes, alors que le gars se fatiguait à prendre des contacts avec des théâtres sur Paris. Qu'à cela ne tienne, qui l'avait obligé à s'exiler ? Qui lui avait demandé d'entreprendre des études d'astrologie ? Servent-elles à quelque chose dans un pays où on bouffe une fois tous les deux jours ? Après ses brillantes prestations universitaires, comme nonante pour cent de la population, il s'était retrouvé sur le banc des chômeurs de la République. Quelques mois de débrouillardise plus tard, il réussit à gagner l'Europe. Sa sœur aînée couchait avec un musicien de renom. Qui travaille à l'hôtel, mange à l'hôtel, paraît-il. Elle secoua son amant pour qu'il donne du travail à son frère. Malheureusement, ce dernier était inapte à la chanson et aux maniements d'instrument de musique. Acculé de partout, il supplia le beau-frère de l'emmener tenter sa chance au nord. Comme il partait en tournée, le beau-frère intégra l'astrologue dans son groupe sous l'étiquette de saxophoniste. Un grand black, dreadlocks, saxophone baryton en bandoulière et rire tendrement banania par-dessus le marché, la police aéroportuaire ne vit que du bleu.

L'astrologue chantait et jouait du tam-tam dans une station de métro. Chanter et jouer du tam-tam sont de bien grands mots. C'était à vomir. Il chantait grossièrement faux et s'écorchait la paume en frappant l'instrument. Comme, pour certaines âmes sensibles, la raison est toujours hellène et l'émotion éternellement nègre, ou disons-le clairement, tout black à dreadlocks est un très bon artiste, les passants s'arrêtaient, applaudissaient et lâchaient des pièces qui lui permettaient de téléphoner en Afrique et de se ravauder l'esprit à l'aide du vin à un euro cinquante centimes la bouteille. Il est fort possible qu'il ait été saoul lorsqu'il aboyait au téléphone. Certes il avait prêté à Lucien cent dollars lors de son mariage avec Jacqueline mais ce n'était pas une raison valable pour continuer à harceler quelqu'un.

D'ailleurs, Lucien les lui avait remboursés depuis longtemps.

— Je prends congé de vous, messieurs.

Requiem se mit à tailler une bavette avec l'un des canetons.

— Écoute, Lucien, s'il te reste un peu de temps, accouche aussi d'un recueil de poèmes sur la Mauritanie, c'est publiable, la Mauritanie, l'imaginaire mauritanien !

Il se courba, écrivit : « Les filles sont comme les mines qui sont comme les chemins de fer qui sont comme les creuseurs qui sont comme les étudiants et leur grève sans longévité chronométrée qui sont comme leurs passés sans cravates, une espèce en voie d'extinction. Mais j'admire le regard avec lequel ils conçoivent la vie et la mort... »

— Oui.

— Vous avez l'heure ?

— Des vers libres sur la Mauritanie...

— Je verrai... Monsieur, je prends congé de vous... Nous allons bientôt nous produire avec la diva. Votre présence nous fera plaisir...

— Aime-moi pour toujours.

— Emmène-moi dans ton pays et aime-moi plus que tes enfants.

Il sourcilla, l'éditeur !

— Arrête de courir dans les jupons de cette gamine.

Il sortit avec ses paperasses, à sa suite des demoiselles, pas toutes... L'éditeur leva la main :

— Du rhum !

Requiem aux filles-mères restées là :

— Venez !

Ils se dirigèrent vers les toilettes mixtes.

Ils franchirent le seuil, des miaulements, crescendo, de longs miaulements, dans la fournaise des rails de la diva, Éphésiens 18.

27. Le départ du Négus.

Requiem disait bosser dans le secteur de la santé mais aucun vivant de la Ville-Pays n'était au courant de ce qu'il entreprenait réellement, en dehors des rapts et incursions dans le Polygone. Il rentrait toujours avec une somme d'argent considérable qu'il comptait et rangeait toute la nuit dans des sacs-poubelles. Parfois, il revenait saignant comme une éponge. Parfois, il débarquait presque nu. Et même une nuit, il interrompit le sommeil de Lucien :

— Tu sais, je dois d'ici deux matins 5 765 000 dollars à un armateur grec. Que faire ? Il ne jure que par ma peau.

Mais diable, qu'est-ce qu'il fabriquait avec ces sommes d'argent ? On ne l'avait jamais vu dans un costume trois-pièces ni conduire des carrosses, ni grimper sur une monture, ni approcher les filles des quelque trente consuls sur qui toute la bourgade y compris nos frères mexicains, ossètes du Sud, pakistanais, belges, français, indochinois, hongrois, roumains, chiliens, canadiens, ukrainiens, tibétains, pour la plupart sans-papiers ou juste un permis de travail obtenu au noir, lorgnaient.

Il finit par lever l'ancre. Il était incapable de vivre avec un individu qui n'arrivait pas à décrocher un emploi et qui s'accrochait à sa littérature comme à un bien familial, passé de génération en génération. Il emporta ses affaires un lundi tard dans la nuit. Il avait plu et venté toute la journée. Après sa dernière chorégraphie de malheur qui dura, les dieux sont témoins, environs deux heures, il s'était décidé à démontrer pour la énième fois sa force de Négus...

— Bonsoir Requiem !

Trempé de bout en bout, Requiem trouva Lucien au frais à lire les dernières gazettes et à refuser par surcroît de situer ses personnages dans un contexte colombien...

Les chants du cygne sont éternels, dernière chorégraphie, suite et fin. Il tendit à Lucien et sans broncher une flopée de journaux, tellement mouillés que ça s'effritait de ses mains. Il lui remit un billet de banque. Il lui fit un baiser sur le front. Il le dévisagea avant de descendre les escaliers, ses valises, ses sacs-poubelles et sa gueule qui dévergondait telle la gare qui se résumait à une construction métallique inachevée, démolie par des obus...

— Tu t'en vas ?

— Ta tête ne me plaît pas. Tu ne veux pas travailler pour moi alors que tu me dois tout. Par surcroît, tu t'entêtes à publier ton machin-là et chez qui ?

Malingeau, mon ennemi de tout temps ! Je donne mon sexe à couper que tu ne parviendras pas à payer le loyer !

28. Éloge d'une nuit de transgression suivie de la lecture de Lucien et de la diva.

Toutes les nuits n'avaient pas la même chronologie de la bière, de la musique, de la danse, des filles-mères de la première fraîcheur, des brochettes à base de chien et de la folie. Ceux qui sortaient la nuit connaissaient l'intrigue, disons la prosodie des événements, la convulsion des circonstances, les lugubres processions vers l'inconnu. Parfois, ils débutaient avec les filles-mères frelatées, ils enchaînaient la danse poétique sur les grabats du bordel Vis-à-vis chez grand-mère Corps-à-corps, ils prolongeaient avec du jazz, ils préfaçaient avec du vin chaud, ils dégustaient du ragoût de chat aux olives, riz bouilli, brochettes à base de chien et pommes de terre au safran, ils fumaient du chanvre indien, ils descendaient dans le Polygone de la mine de l'Espérance armés jusqu'aux dents, les nuits étaient un bonheur pour ceux qui savaient en profiter, les vraies nuits étaient longues et populaires, les vraies nuits étaient toujours événementielles, les vraies nuits n'échappaient plus à la corruption et autres coups bas, les vraies nuits puaient la névralgie, les crachats et traumatismes de ceux qui construisaient ce beau monde cassé...

— C'est pendant la nuit que les géants de ce monde fabriquent nos déboires avec des ardeurs de boulanger autodidacte, rigolaient les filles aux seins-aubergines arcboutées aux toilettes mixtes du Tram 83 avec leurs désirs d'assouvir longs comme la mer, de foutre la seconde mort, la géhenne, Apocalypse 19, verset 20, Apocalypse 20, verset 14, Apocalypse 21, vers le huitième verset ou même les livres de Corinthiens... Elles étaient d'une beauté inouïe et elles reprenaient les mêmes psaumes.

— Nous sommes chaleureuses, inventives, flexibles avec nos chairs qui vous inventent des bonheurs d'autres âges et, en cette matière, vos femmes ne nous arrivent même pas à la cheville, sont trop classiques, ne savent pas faire danser la hanche, ne savent plus bouger de la jambe gauche et passent la nuit à vous demander l'argent de poche, minervals pour les enfants, ceci cela alors que nous, nous sommes éternelles, nous nous offrons corps et âmes, juste le temps de vous pousser, vous traîner à l'extase... entre-temps les pourparlers sur les tarifs toujours revus à la hausse, les jambes lâchaient, envie de finir avec les plaisirs du bas-ventre, la bière qui revendique... et le corps grouillant la nostalgie de poster, salir le froc (poster = transgresser = émettre = se délester = évacuer = télécharger = libérer sous caution = déféquer = chier et pour ne pas sombrer dans la bêtise ou paraître moins grossier disons grand besoin ou même transfert).

Les touristes à but lucratif, les touristes chinois, les touristes de seconde classe, les demoiselles d'Avignon, les serveuses et les aides-serveuses, les étudiants-va-t-en-grève, les creuseurs, les suicidaires, les affreux, les biscottes, toute la Ville-Pays se déversait dans le Tram.

La diva et Lucien montèrent sur le podium sous les applaudissements du Tram. L'écrivain tremblotait. Il était incapable de toiser le public, de communiquer même avec la prima donna qui souriait pour les rassurer sur leur prestation.

Les bruits qui couraient du Club Cuba au Polygone en passant par les Vampires évoquaient le déroulement de ses multiples ébats avec la diva, après chaque concert. L'aide-serveuse aux grosses lèvres validait ces faits et gestes d'en dessous de la ceinture. Elle devenait hystérique lorsqu'on lui refusait le pourboire et, pour reprendre la situation, décrivait à tue-tête la façon dont Lucien ramonait la diva. Ces révélations attristaient tous les hommes qui n'avaient d'yeux que pour la carrosserie de la reine de ces nuits de beuverie.

Lorsque Lucien se pointait au Tram, les affreux, les touristes de seconde zone, les biscottes, les canetons et les creuseurs accouraient et le suppliaient de cracher le morceau. Il répondait par le silence. Cela non seulement grossissait la curiosité mais nous vexait profondément. Nous avions au moins le droit de connaître la vérité.

La diva dansait le même boléro. À la question, elle ouvrait les bras et se perdait dans un rire magnifique. Les plus fragiles d'entre nous éjaculaient dans leur pantalon. Nous passions le reste de la nuit à décortiquer le rire de la prima donna jusqu'à ce que las des suppositions nous nous rabattions sur les canetons.

La diva est éternelle. On ne l'oublie pas avec un même avec deux canetons. Le lendemain, l'envie de grimper la cantatrice revenait et réalimentait de plus belle les spéculations et les commérages. Alors pour contrebalancer, les creuseurs et les touristes de seconde zone proposaient d'organiser un concours miss caneton alors que les touristes de première classe menaçaient de ne plus venir au Tram. La diva est éternelle. Ceux-là même qui complotaient contre elle sont ceux-là qui remplissaient le podium de fleurs à chacun de ses concerts.

— Là où il y a la bière, il y a la joie.

... en prélude la diva des chemins de fer interpréta *This life is longer than the train to nowhere* sur un bruit crescendo des wagons nouvellement acquis par le Général dissident contre des marchandises non encore dévoilées, la profondeur et la voix de la reine nous paralysaient, la douceur de ses traits dans la pénombre, une voix à nous plonger dans des états d'âme impossibles, à nous foutre l'envie de sortir et de sauter dans le premier train direction nulle part, quelle profondeur, quel timbre, elle montait sa voix, faisait des courbes, descendait, marchait avec les paralytiques, arrachait aux cœurs givrés l'odeur infecte des rails, les touristes bras dessus bras dessous juraient de ne plus refaire leur sale besogne, les canetons qui s'essuyaient larmes et sanglots nous jasaient qu'ils regagneraient avec l'aube les toits paternels, les aides-serveuses s'adoucissaient et nous proposaient le service le plus rapide au monde, Malingeau vidait sa neuvième bière, les étudiants enterraient leur hache de guerre longue comme leur grève, les mineurs offraient aux têtes brûlées des bouteilles de bière, tout le monde en larmes, la brume, la mer dévalait, les ténèbres s'effaçaient sur les visages des uns et des autres, les viandes de chien circulaient de table en table pareilles à une scène de cène, les envies venaient, certains touristes quittaient leurs apartés pour serrer la main des creuseurs qui leur chuchotaient avec leurs dents sales comme les rails de la gare dont la construction métallique qu'un nouveau monde arrive, la diva des chemins de fer, les bières circulaient, nous tremblions de la tête aux pieds, on postait dans nos frocs, on se masturbait, on grimpait sur les tables, on se frappait la tête contre les murs, on s'attroupait aux portes des installations mixtes, quelle voix, quelle voix, quelle voix, elle nous pénétrait, nous écorchait, nous piétinait, nous déchirait, partir, naître, rêver, on pensait à ceux que la terre avait engloutis, tous ceux que les trains avaient emportés à la suite d'un déraillement, l'amertume et les yeux rivés sur ceux qui partirent chercher leur vie de l'autre côté de l'océan et qui ne sont jamais arrivés trahis par les vagues, quelle voix, Requiem ricanait d'arrogance, Lucien s'accrochait à son stylo et griffonnait le bonheur est un rêve violent et il faut de cette violence dans son rêve pour qu'il y ait du goût, l'éditeur lâchait ses lunettes, se levait, marchait de part en part à travers le Tram, quelle voix, quelle voix, quelle voix, le bonheur est un sourire diminué, on avait éprouvé des valses de pulsions magiques, des rêves s'évadant dans les volutes des cigarettes, une voix qui vous lacère, le temps n'avait plus de raison d'être, nous étions en 2069 ou en 1735 ou en 926 ou à l'âge de la pierre taillée, la gueule dégueulasse, pieds nus, couverts de cache-sexes, parlant des langues inconnues, quelle voix, les touristes visionnant leur passé, les creuseurs hurlant que l'orgueil les empêcherait d'aller au Beach et de se foutre dans l'océan avec comme provisions des vodkas et des mangues avariées, oublier ses blessures dans un refrain de rails acoustiques, marcher le long de ses pensées et dire malgré la mort et les trains qui partent et qui reviennent vides, l'ébréchure, le bonheur, le bonheur une guimbarde rouillée qui vous emmène vers votre mine tombeau où vous pénétrez sans l'espoir de sortir, au commencement était une diva et sa voix de train à marchandise, quelle voix, quelle voix, quelle voix, quelle voix, quelle voix, quelle voix, à laquelle se mêlaient les fatwas, les angélus, les vrombissements des wagons quai 13, quelle voix, quelle voix, la diva, le bonheur c'est noyer ses pleurs, ses échecs, ses langueurs dans un brin de musique juste humaine, quelle voix, quelle voix, quelle voix...

— Les préliminaires gâchent la fête.

Lucien se mit à lire un texte où il était question d'une rencontre fortuite à bord d'un train entre un homme et une femme, dénominateur commun : la perte de la mémoire. Ils tombent amoureux l'un de l'autre. Mais comment se le dire ? Comment s'aimer ? Comment dire leur vie antérieure ? Vers la fin, alors que l'homme avec les cinq mots qui lui restaient (histoire, angine, trêve, la honte et soudure) essayait de se fabriquer une langue pour dire l'amour, la diva qui jouait le rôle de la femme, en fond sonore les bruitages, déroula un chant, long, lugubre et céleste en même temps avec sa voix, des salves, des salves, des salves...

Au-dehors et dans le Tram, une expression d'inachevé. Au-dehors et dans le Tram, des hurlements. Au-dehors et dans le Tram, les chants et les textes du couple sacré, unis par un même élan, la perte de temps, la soif de l'archéologie, la solitude...

29. Tiré de la poussière, tu retourneras à la poussière, Genèse 3, 19...

Lucien ne piochait pas dans les mines comme le commun des mortels. Il préférait vivre de sa plume ou peut-être travailler dans un grand bureau à lui tout seul. C'était irréalisable dans une jungle comme la Ville-Pays. Toutes les activités tournaient autour de la pierre. Tout le monde en dépendait de près ou de loin. On ne savait rien foutre d'autre que descendre sous terre, taupes que nous fûmes, que nous sommes, que nous resterons. On ne trafique pas avec son destin, radotait le Négus. Il est écrit, enfanté dans les mines et les trains, vous grouillerez tout le long de votre existence dans les carrières jusqu'à ce que s'accomplissent les prophéties. La pauvreté est héréditaire comme le pouvoir, la bêtise ou les hémorroïdes. C'est même contagieux une vie de locomotive.

Incapable de payer son loyer, il décida de contacter Émilienne :

— Viens, ne t'en fais pas, fallait le dire depuis longtemps que Requiem te menait la vie dure à ce point ! Demande à n'importe qui de te conduire au Maquis, un petit restaurant-bar-ciné à quelques pâtés de maisons de la gare. On m'appelle Tantine Émilienne...

Est-ce réellement de bonne foi qu'Émilienne lui avait dit de l'appeler en cas de problèmes ? Elle avait pesé de tout son poids pour qu'on le libère. Elle l'aimait, le comblait de ses largesses, lui reprochait même de demeurer éternellement dans sa coquille alors qu'elle avait seulement besoin en retour d'un peu d'attention.

Le Maquis : une petite maison aux murs écorchés par les balles, reliques de la troisième, pardon, quatrième guerre de libération.

Des creuseurs, dedans et dehors, en mode clochard, sales, dédaigneux, rigolant comme quatre, avec leurs clopes, leurs pioches, leurs pelles, leur hargne et leurs manières de vous dénigrer comme si vous n'étiez pas fait de la même chair... Un parlement debout de canetons post-adolescents riant aux éclats.

— Vous avez l'heure ?

Des musiciens et leurs guitares, des acrobates, des touristes, des cuisiniers, des serveuses, des aides-serveuses, des étudiants, on aurait dit le Tram 83, en miniature.

— Je suis contente que tu sois venu...

— Vous avez l'heure ?

— Les préliminaires fatiguent.

Elle l'aida à porter sa valise, le dirigea vers le comptoir près duquel une table pour lui seul l'attendait.

Lucien, égoïste, tu es là à t'occuper de ton ventre, tu ne cherches pas à savoir si Jacqueline parvient à vivre avec toutes ces crises boursières qui défraient la chronique.

— Tu vas bien, chéri ?

— Oui, répondit-il, arrogant comme tout intellectuel.

Un nouvel orchestre se mit en place.

Un touriste, peut-être le mécène du groupe, procéda aux présentations : deux guitaristes de talent. Un saxophoniste à la cinquantaine révolue. Un batteur fier de l'être, avec dreadlocks, piercings, tatouages et rires banania. Attaquant-chant : deux premières voix, quatre deuxièmes voix... Cinq canetons bien charnus comme danseuses nombril à découvert... Un *atalaku*, disons un animateur de choc... Et le chef d'orchestre, le grand prêtre, en mode Kasamoto... Tu sens qu'ils possèdent, dominent, envoûtent le lieu. Sans doute des Zaïrois, vu leur zèle à manœuvrer le public, leur dextérité, leurs façons de vous regarder, leurs cris, leurs chants, leurs animations... Ils introduisirent le spectacle avec deux bonnes rumbas des années 1960... Enchaînèrent avec leur propre répertoire, un répertoire contemporain assaisonné d'un coupé-décalé, revu et corrigé, de la nouvelle danse *kotazo* dite danse des « mpomba » (entendez, des hommes forts, les brigands de Kinshasa qui vous coupent la gorge pour un oui ou pour un non) assortie au *ndombolo* version *lopele* (la queue du poisson), trichant avec des pas de merengue et de conga, parfois rappelant à la rescousse le *kotazo* remixé dit *kotazo* 2, sans doute question d'universalité... Vous vous imaginez l'effet que provoquent de la bonne musique, de la bonne danse, des beaux gars, des filles qui assurent, un public averti et conquis à cent pour cent mais Lucien (Tintin au Zimbabwe) comme si de rien n'était, écrivait ses saloperies !

Après près d'une heure de ballade, une autre musique se mit à battre tout juste en face du Maquis. C'était, paraît-il, un autre orchestre, paraît-il d'autres Zaïrois qui savaient pertinemment que leurs frères d'en face donnaient un concert mais qui, polémique oblige, peut-être pour leur prouver qu'ils étaient capables de faire pareil, commencèrent à exécuter de la bonne musique eux aussi... Ils ouvrirent les hostilités avec *Débarquement*, chanson phare de l'album *Le Jour le plus long*, en toile de fond la danse « pigeon pigeon » qui, apprenait-on, faisait un malheur en Afrique centrale, au Congo belge. Les creuseurs qui avaient combattu par le passé au Zaïre, au Rwanda, en Ouganda et en Angola dans les rangs de Jonas Savimbi et qui connaissaient par cœur toutes ces chansons et pas de danse, radotaient qu'ils n'étaient pas du tout étonnés que la concurrence prenne de telles allures. Même musique, même danse, mêmes chœurs, mêmes accoutrements, mêmes nombrils, même nationalité, face à face, corps à corps...

À un touriste qui n'arrivait toujours pas à saisir les enjeux de cette rivalité, on donna comme exemple : « C'est Johnny Hallyday qui livre un concert à deux pas de Sardou qui livre un autre concert mais altièrement, sans compter que dans les parages les Patrick Bruel, les Zazie, les Christophe Mahé, les Manu Chao, les Obispo et Cie livrent des concerts, et la ville devient un stand de musique... » Effectivement au loin retentissaient d'autres musiques, mêmes cris, mêmes solos, mêmes instruments, mêmes danses, mêmes nombrils.

— Tout ça t'appartient !

Elle hocha la tête.

— Tu ne m'avais pas dit que tu étais aussi riche et puissante...

Réflexion sans fondement aucun : Lucien savait qu'elle sortait avec des touristes qui excavaient, ne pouvait-il pas pousser un peu plus loin son raisonnement ? Tout le monde savait que certains touristes pour parvenir à une certaine légalité excavaient sans s'attirer la foudre de la dissidence ou flattaient l'opinion publique, se mariaient et sortaient avec les « autochtones » qu'ils chérissaient en bonne et due forme.

Elle ne répondit point. Elle se contenta juste de haranguer ses troupes, ses serveuses et aides-serveuses qui ralentissaient les séries de bouteilles qu'elles servaient...

Elles sont les mêmes partout, pensa-t-il, autoritaires, têtes de mulet, pleines d'une insubordination notoire, avec leurs grosses lèvres... Pour preuve, il les voyait du coin de l'œil l'ausculter et se noyer dans des rires banania et autres niaiseries sans précédents.

— Vous avez l'heure ?

— J'ai un côté coquin, amusant et pervers, ça te dirait ?

— Je suis infatigable et apte à toutes les positions.

— Je maîtrise l'abécédaire du Kama-sutra.

Les poésies et litanies de quelques post-canetons aux cheveux savane boisée venus chercher fortune.

— Tu es beau, j'ai envie de te réchauffer...

— J'ai une poitrine siliconée...

— Ta bouche est comme les yeux de la tour Eiffel...

— Je rêve de Venise, emmène-moi loin d'ici.

À une heure du matin, ils quittèrent le Maquis direction la maison.

— Tu peux rester chez moi, si tu veux.

— Tu vis avec quelqu'un ?

— Non... C'est toi qui m'intéresses. Tu ne penses pas vivre avec moi ?

— Je ne sais pas...

Ils arrivèrent à la maison et Lucien refusa de partager la chambre avec elle. Ainsi il accepta sans rechigner de passer ses nuits à même un matelas dans la petite cuisine envahie par des cancrelats.

On trouve des gens qui ne savent pas tirer profit de l'existence. Une femme est sûre et certaine que tu es l'homme de sa vie, elle te suit, te susurre les mots d'amour, te comble de largesses mais toi, tu refuses de répondre à ses avances comme si tu étais l'homme le plus beau du monde alors que tu n'es qu'un morpion. Tu préfères les cancrelats au corps de rêve d'Émilienne. Requiem n'avait pas tort lorsqu'il affirmait avec beaucoup d'humanisme que certaines personnes vivent avec un cerveau datant du XIIIe siècle.

Dans le même genre, tu débarques dans la Ville-Pays nu comme un ver. Le général t'appelle et te propose un marché : « Écris des textes en mon honneur et j'assure et ton confort financier et ton confort matériel. » Mais toi, tu rétorques : « Je ne cède pas aux chantages, je suis un écrivain et non un griot au service du roi. » Quel raisonnement !...

Même chose dans l'Arrière-Pays : tu as de sérieux problèmes, tu reçois des menaces du matin au soir, tu frôles la mendicité. « Rédige des poésies patriotiques, on te laisse la vie tranquille, on te file un poste à l'université et de multiples autres privilèges. » Mais tu craches dans la soupe. Tu pourrais avoir la chance de posséder de belles carrosseries, de belles femmes, des appartements en Europe mais tu craches dans la soupe. Tu as la vie devant toi, tu craches dans la soupe.

Dès qu'il se pointait au Maquis, c'était le branle-bas général. Les serveuses et aides-serveuses couraient dans tous les sens. Il était reçu en fanfare par les canetons, serveuses, aides-serveuses et quelques étudiants creuseurs en mal de leadership. Émilienne avait déjà sensibilisé l'opinion publique sur leur liaison comme quoi il était l'homme de sa vie.

Cigarettes russes, vin rouge, deux assiettes de brochettes de chèvre suivies de poissons grillés aux épinards... Les musiciens, qui se dandinaient au rythme d'une rumba, lancèrent des *mabanga*, des dédicaces à tout vent : « Le Grand Pétrolier, le Patron des patrons, l'Homme et son temps, Papa love, L'Homme qui assure... » Tout le monde pensait que le lieu lui revenait et qu'Émilienne était juste une petite qu'il aurait ramassée... Raisonnement encadré par de fortes rumeurs qui couraient en ce sens-là. Il mangea en boudant et passa toute la soirée à rêvasser... Insensible autant aux chorégraphies des musiciens du Congo belge qu'aux gentillesses des aides-serveuses. Il écrivit : « Ils s'amusent et allongent la probabilité de leur descente aux enfers qui sera précédée d'une petite gloire, quand ils seront exsangues de leurs plaisirs. »

À deux heures du matin, Émilienne laissa ses instructions à la jeune femme qui faisait l'intérim lorsqu'elle rentrait se reposer.

— Viens, Lucien...

Ils sortirent sous les applaudissements des serveuses et des musiciens qui voulaient sans doute gagner un peu de crédit.

Ils empruntèrent la rue du Marché...

— Ils me prennent pour ton mari et moi, ça ne me fait pas du tout plaisir.

Lucien, Lucien, Lucien, pourquoi ces agissements de Tintin au Soudan ?

— En tout cas vraiment...

— Dis-leur que je ne suis pas ton homme.

— En tout cas vraiment...

— Je ne sais quoi dire à leur brouhaha...

— En tout cas vraiment...

— Tu sais...

— En tout cas vraiment...

Espérant qu'il changerait d'avis, Émilienne s'accrochait.

— Écoute, Lucien, peux-tu m'accompagner, 12 rue des Eucalyptus ?

— Pour quoi faire ?

— J'ai un autre commerce là-bas et depuis plus d'une semaine, elle ne vient plus me rendre compte, la dame qui travaille pour moi. J'essaie de la joindre, son téléphone passe à vide.

Lucien, orgueilleux.

— Tu me rejoins à la maison, tu connais le chemin, non ?

— S'il te plaît...

Ils prirent une petite rue obscure. Émilienne feignit de trébucher. Il se précipita mais la fille virevolta et posa ses lèvres sur celles de notre ami, l'écrivain...

— T'es malade ou quoi !

Il la repoussa.

— Je ne l'ai pas fait exprès. Et même si c'était le cas...

12, rue des Eucalyptus.

Des petites filles d'à peine douze ans devant la maison peinte aux couleurs de la bourgade, bleu, rouge, vert et orange, poussèrent des cris et regagnèrent au pas de course l'intérieur de la cour.

— Qu'est-ce que vous faites dehors ? s'écria Émilienne presque en larmes.

Ils entrèrent précipitamment. Ils tombèrent nez à nez avec une dame vêtue tout de rouge bordeaux... Elle poussa un cri elle aussi, puis se ressaisit :

— Bonsoir madame...

— Pourquoi tu ne viens plus ? Pourquoi les filles ne sont pas dans leur chambre ?

— J'étais un peu malade, mais je me disais que je viendrais te faire le bilan...

— Tu m'attends ici, dit-elle au dramaturge.

Lucien resta dans le bazar, les deux femmes se précipitèrent dans les couloirs.

— Où sont les filles ?

— Pourquoi ?

— Je veux voir toutes les filles.

La dame en rouge héla les filles qui accoururent, présentant des salamalecs et des mea culpa... Lucien pénétra les installations. Une chambre ovale, huit portes, Émilienne et la dame rouge bordeaux sur un long canapé bleu verdâtre, en face des filles presque nues, bigarrées et enfoncées dans des décolletés et autres accoutrements propres aux activités d'une maison de passage.

Après presque deux heures de conciliabule, ils reprirent la route. Mais avant qu'ils lèvent l'ancre, les canetons, qui pensaient que Lucien était un client et qui voulaient prouver à Émilienne qu'elles savaient préparer le terrain, accoururent avec leurs longs et lents sourires à cheval entre le clin d'œil furtif et amoureux et la moue nonchalante, sans doute pour laisser libre cours à leurs corps mus par l'expérience de leur métier. Pour la première fois depuis son arrivée dans la Ville-Pays, il eut envie de détendre son corps sur l'un de ces joyaux mais se leva précipitamment et sortit.

Lucien se prenait un peu trop au sérieux. La vie est courte et il faut savoir tirer profit d'elle, au maximum. Est-ce un crime que de piquer le porte-monnaie d'un touriste prospecteur minier ? Qu'y a-t-il de mal à piquer le chien d'un touriste et à le manger en famille, aux oignons et vin rouge en pièce jointe ? Ça ne sera pas la fin du monde, le chien ou le porte-monnaie, étant donné qu'il excave peut-être au rythme de trois mille tonnes de cuivre par jour. Trois mille tonnes de cuivre contre son doberman que vous recyclez parce que vous avez faim et que lui a tout, et l'argent et les femmes et le prestige. Trois mille tonnes de cuivre ou de cobalt contre cent cinquante dollars. Détrousser un touriste qui excave est un acte de légitime défense, qui se transmet, dans l'Arrière-Pays comme dans les labyrinthes miniers de la Ville-Pays, de père en fils. Mais Lucien vous dirait : « C'est mauvais, ma conscience me le reproche... », quel culot.

— Pourquoi tu fais ça, Émilienne ?

— Je ne comprends pas.

— Qu'est-ce qui te prend de coloniser ces jeunes filles ? Tu ne trouves pas qu'elles méritent mieux que d'être vendues pour des clopinettes ?

— Quoi ?

— Elles sont mineures. Ailleurs, tu ferais de la prison...

Émilienne, fâchée par les statistiques, s'emporta.

— As-tu du travail à leur donner ?

— Ces filles sont encore des gamines.

— L'âge n'est pas un facteur ! Même le Général dissident le sait.

— Écoute...

— Je mets quiconque au défi de me prouver le contraire !

— Tu te trompes.

Elle profita de la circonstance pour faire un pied de nez à toutes les théories propres à Lucien, le traitant même d'impuissant.

À quatre heures du matin, ils arrivèrent chez elle. Lucien entra dans sa cuisine et fit ses valises, disons son sac en similicuir et son ordinateur.

— Je n'ai rien contre toi mais je pense qu'il me faut partir pour sauvegarder ma conscience...

— Tu veux partir où ?

Les maniérismes de Lucien agaçaient. On te ramasse comme un sac-poubelle et tu veux gâcher la fête pour une histoire de conscience ! Qu'est-ce qu'elle vient foutre, ta conscience, dans une histoire qui ne demande pas d'être écrivain pour être comprise ? Tu n'es rien et tu veux prendre des airs de manitou. Quelle ingratitude ! Un type qui arrive chez une femme qui lui donne à boire, à manger, à se vêtir, de l'argent de poche mais qui se lève un bon matin avec une histoire de conscience ! Le comble est que tu veux toujours te faire passer pour un souffre-douleur...

— Écoute, Lucien, je m'excuse pour tout à l'heure. J'étais emportée, écoute.

— Non. Je ne veux pas vivre de l'argent sale...

Elle le supplia même.

— Pardon...

— Je ne peux pas vivre sur la tête de ces gamines !

Lucien, quel guignol ! Si tu ne veux pas vivre sur la tête de ces gamines, gagne alors ton argent, vole de tes ailes, pars à la rescousse de toutes les filles-mères-frelatées de la terre, construit des écoles pour les ex-canetons, crée une ONG, trouve-leur du travail...

— Je m'excuse...

— Il fallait me le dire...

Lucien, ce que tu oublies c'est qu'elle t'a toujours aimé et qu'elle a souffert pour toi. C'est énervant de tomber sur des individus comme ça, sans conscience, ingrats jusqu'à la moelle. Elle s'agenouilla en larmes devant la porte pour qu'il ne puisse pas sortir mais il passa quand même en la bousculant au passage.

Il laissa derrière lui les vêtements, le téléphone, l'argent, bref tout ce qu'elle lui avait offert.

Qu'est-ce que c'est cette façon de dépasser le seuil du tolérable ? Tu es quel genre d'homme ? Est-ce que la réalité de la vie ne suffit pas à la conscience ? Est-ce que pour être écrivain, il faut se priver des plaisirs du bas-ventre ? Quelle imbécilité de vouloir se faire passer pour un héros ? In fine, qu'est-ce que c'est, la conscience d'un écrivain qui ne veut pas ouvrir les yeux ?

30. Le retour de l'homme-animal.

Malingeau ne se pointa plus au Tram pendant plusieurs mois. Des commérages initiés par les serveuses et les aides-serveuses, propagés par les filles-mères-post-canetons et ensuite relayés par les touristes de seconde main circulaient dans toute la Ville-Pays : il aurait été atteint d'une maladie incurable. Certains canetons affirmaient même que c'est dans un état critique qu'il fut acheminé chez lui en Suisse. Requiem ne put s'empêcher de commander des tournées pour tout le Tram. Pour le Négus, une chose était certaine : Malingeau n'était plus de ce monde. En bon perroquet, il démontrait chaque soir au Tram dans quelle mesure cette disparition était une délivrance non seulement pour tout le Tram mais pour toute la Ville-Pays. Dès qu'il débarquait, il prenait la table de Malingeau et l'imitait dans tous ses faits et gestes. Cela provoquait une hilarité chez les chefs des canetons et les touristes de seconde main.

Les bonnes choses ne durent jamais, dit-on. Un samedi comme un autre, à partir de dix-sept heures, une rumeur circula sur le boulevard de la Paix, la rue de la Constitution et la chaussée Stanley avant de se déverser dans le Tram : Ferdinand Malingeau était bel et bien vivant, il était parti de Genève, avait traversé ce matin les frontières de la Ville-Pays et viendrait sûrement ce soir au Tram 83.

Lorsqu'ils revenaient de leur pays, les touristes à but lucratif avaient coutume de payer cinq à six tournées générales le temps d'une nuitée. Ce qui poussait même les plus fous qui campaient devant la Grand-Place à s'aventurer au Tram 83.

Au fur et à mesure que le soleil déclinait, les rumeurs grossissaient et prenaient la forme du vrai. D'abord, à travers les agissements des touristes à but lucratif. C'était tout un rituel. Lorsqu'un des leurs revenait d'un long périple, pour l'accueil, ils s'amenaient dès dix-sept heures au Tram 83, munis d'orchidées, tirés à trois épingles, bien sapés, bien coiffés et bien parfumés tel Papa Wemba l'année de la création de *Viva la Musica*. Ils arrivaient avec leurs femmes et leurs enfants. Ils sponsorisaient la musique du jour, c'est-à-dire celle correspondant à leur goût. Ils remettaient au propriétaire du Tram une cagnotte afin qu'un orchestre improvisé, composé presque exclusivement de touristes à but lucratif, puisse jouer pour la circonstance. Des chansons de leurs pays, parfois même jusqu'au petit matin. C'était beau de participer à de tels concerts. Chaque touriste pouvait commander une chanson de son choix et l'orchestre l'exécutait sur place. Les touristes européens, en pareille circonstance, pleuraient. Ils commandaient des chansons qui leur rappelaient leur jeunesse, ce temps perdu à jamais, et la nostalgie habituelle lorsqu'on se trouve en situation d'exilé, leur revenait en pleine figure.

Pour éviter des bousculades inutiles, le propriétaire du Tram sélectionnait à la volée les participants à la soirée. Tout le monde s'accordait sur le quota. Il était réfléchi de manière à permettre à toutes les couches sociales de la Ville-Pays de s'y retrouver. On prenait, par exemple : dix canetons, dix post-canetons, dix étudiants, dix affreux, dix creuseurs, dix touristes chinois et, enfin, dix biscottes. Les places restantes étaient réservées aux ayants droit, les touristes à but lucratif et leur famille. C'était aussi ça le Tram 83. Tu pouvais organiser une soirée et trier sur le volet les invités de ton choix. Il suffisait juste de s'acquitter de la cagnotte exigée et de foutre tout le monde dehors y compris les touristes à but lucratif à moins que ceux-ci rachètent la même soirée avec une cagnotte plus grosse que la tienne. Réserver une soirée au Tram n'était donc pas du ressort de petites gens comme nous autres. Nous ne pouvions pas nous permettre de telles excentricités.

Vers les années 1930, un touriste immensément riche s'amusait à payer la cagnotte et à ne convier à la soirée que cinq ou six de ses amis. Les touristes d'aujourd'hui, en cette matière, sont plus aimables. Vous vous imaginez, tout le Tram 83 dehors juste parce qu'un individu et ses copains veulent boire leur bière à l'aise. Ne sachant quoi foutre, les habitués du Tram restaient là à manger des brochettes à base de chien ou partaient finir la nuit au Club Cuba connu pour ces cinquante-quatre sortes de salsa. Tu arrives, les serveuses ou les aides-serveuses te remettent deux cartes de menus, une pour la mangeaille et une autre pour la salsa.

Il est fort possible que ce soir-là personne ne partit travailler. Même les affreux nous gratifiaient de leur présence, abandonnant les mines. Qui pouvait manquer tel événement ? Tout le monde gagnait le Tram à pied, à vélo, en moto, en guimbarde... La foule arrivait jusqu'à la gare dont la construction métallique inachevée...

20 h 15, 22 h 30, 23 h 15, Malingeau n'avait toujours pas montré son visage. Il arriva vers trois heures du matin. La diva l'accueillit avec une chanson partiellement fredonnée en arménien. Des applaudissements se succédèrent. Dans les bousculades créées par l'arrivée de la nouvelle coqueluche, et derrière la cohorte des gardes du corps, Lucien passait inaperçu.

— Les préliminaires c'est pour les touristes. Nous, on mange directement.

Malingeau, vêtu tout de blanc, monta sur le podium échafaudé en son honneur et salua l'assemblée dans une langue africaine. Dix minutes d'applaudissements, entrecoupés de grands cris, « Malingeau Ferdinand ! Malingeau Ferdinand ! »

Ses premiers mots :

— C'est le plus beau jour de ma vie. Je tiens à vous remercier pour votre confiance et pour tout l'amour que vous me portez. Je suis heureux de rentrer chez moi et de partager avec vous, pour le meilleur et pour le pire, le quotidien de notre existence.

Des applaudissements, suivis de hurlements, « Malingeau Ferdinand ! Malingeau Ferdinand ! »

— La nouvelle est que je viens de publier le théâtre-conte...

La foule avait déjà, depuis longtemps même, jeté Lucien aux oubliettes. Personne ne s'était rappelé de sa lecture tournée au vinaigre. Elle pensa d'abord que l'ouvrage dont il était question traitait des mines et portait la signature de Malingeau.

— ... remarquable texte à mi-chemin de l'histoire, littéraire dans tous les sens, dû à la plume d'un auteur du pays, j'ai cité Lucien.

Des applaudissements à n'en plus finir, des grands cris « Lucien, l'écrivain ! Lucien, l'écrivain ! »

Lorsqu'ils célébraient un tel événement, les touristes à but lucratif en profitaient pour s'attirer la sympathie de la Ville-Pays et par ricochet régler des comptes à leurs adversaires.

— Vous avez l'heure ?

— J'ai appris qu'on a annoncé ma mort et que certains d'entre vous se sont réjouis ! À ceux-là, je dis que je mourrai à quatre-vingt-dix ans !

Des applaudissements.

— J'adresse un message particulier à un certain Requiem. Il a proféré des menaces à mon endroit, m'a traité de noms de tous les singes, a remué ciel et terre pour que ce livre ne paraisse pas.

La foule s'excita d'avantage.

— Le texte est imprimé en Suisse romande et pour ceux qui ne connaissent pas ce pays, nous organiserons ici au Tram des cours de géographie.

Tandis qu'il pérorait, des étudiants déchargeaient d'un camion des grosses caisses de livres. Les canetons, tout en s'occupant de la distribution des exemplaires, proposaient leurs services privés.

— Ce Requiem, je l'ai hébergé, je l'ai engagé dans mon entreprise, je lui ai donné à boire et à manger. Mais en retour, la poisse. Il passe toute son existence à me dénigrer comme si j'étais un étranger, comme si je n'étais pas de ce pays... Si je ne suis pas africain, qui suis-je alors ? Le premier homme n'est-il pas apparu en Afrique ? N'est-il pas mon ancêtre, à moi aussi ?

Salve d'applaudissements. Certains touristes commencèrent même à pleurer.

— Je vais vous faire une confidence. Ce Requiem, comme il agit à l'égard de beaucoup d'entre nous, m'a piégé par l'entremise d'une jeune femme. Tel que je connais ce saligaud, demain ou après-demain, il publiera des photos que cette jeune personne a prises en profitant de mon sommeil. S'il vous plaît, dès qu'il ose vous distribuer cette saleté de revue, prenez-la et déchirez-la devant lui.

La foule lança des fatwas contre le Négus. La foule promit à Malingeau qu'elle se chargerait personnellement de ce bandit de Requiem. L'éditeur poursuivit son réquisitoire en aboyant presque.

— Requiem, si tu es un vrai homme, montre-toi ! Requiem, si tu as des couilles, monte sur ce podium.

Requiem, tu es un pauvre mec ! Je t'ai vaincu, je t'ai vaincu !

Requiem ne savait pas à quel saint se vouer. Il ne pouvait pas résister longtemps tant Malingeau parlait comme la radio, sans avaler la salive. Il haussa la voix en direction de l'éditeur. Les serveuses et les aides-serveuses se sentirent abusées et commencèrent à le molester. Il leva alors la main sur l'aide-serveuse aux grosses lèvres. Une cohorte de creuseurs l'entoura, l'achemina par le collet jusqu'à la gare dont la construction métallique et là, des musiciens de jazz qui flagornaient l'obligèrent à uriner dans ses chaussures et à vider le liquide dans sa bouche.

Depuis plusieurs années, il ne s'était jamais senti aussi abîmé. Il rentra péniblement chez lui, s'enferma et pleura longuement. Pour quelqu'un de son statut, orgueilleux depuis sa première descente dans la mine de l'Espérance et vénéré par toute la Ville-Pays, le retour triomphal de Malingeau marquait la fin d'un mythe. Tout le Tram, ou disons toute la Ville-Pays, savait que le Négus était la bête noire de Malingeau.

Malingeau demanda à l'écrivain de le rejoindre sur le podium. Les canetons ne se privaient pas de mettre en valeur leurs corps en dépit de l'événement.

— Vous avez l'heure ?

— J'ai des fesses brésiliennes.

— Emmène-moi à Kiev et faisons l'amour en plein soleil !

L'ambiance montait, montait, montait...

— Je ne veux pas monopoliser la parole. Nous organiserons une soirée pour présenter le livre et son auteur. Mais maintenant, place à la musique et à la bière. Buvez jusqu'au petit matin et c'est Malingeau qui paie !

Il y eut un tollé, précédé d'un grand cri sourd... Les canetons, comprenant à moitié le français, pleuraient à chaudes larmes. Les creuseurs, les étudiants, les touristes de seconde zone, les touristes à but lucratif, les affreux, les biscottes, tout le monde, des accolades sous la rumba endiablée des musiciens zaïrois.

Lucien sortit du Tram tout juste après le discours de l'éditeur. Il voulait semer les canetons qui le traquaient. Pour la première fois de sa vie, il téléphona à l'homme de Clignancourt pour lui annoncer la sortie de son livre. Comme d'habitude, l'ami parisien ne lui laissa pas placer un mot : j'ai trouvé un travail qui paie plus que je ne l'espérais. Je n'ai donc pas une seconde à perdre pour m'occuper de tes paperasses. D'ailleurs, la littérature africaine comme telle n'est plus exotique. S'il te plaît, Lucien, prochainement si tu me téléphones, parlons d'autres sujets, le Kama-sutra, la musique, la bière, mais surtout pas de la littérature. Nous sommes au XXIe siècle et tu veux vivre comme écrivain, Lucien !

31. Faut-il raser le Tram 83 ?

Pour le défier, Malingeau adressa à Requiem un exemplaire du livre dédicacé. Le Négus s'était senti humilié et trahi jusque dans sa chair. Toute sa bande, même Mortel Combat, surnommé le fidèle des fidèles, avait mangé et bu de la bière-de-Brazza à la gloire de Lucien et de Ferdinand Malingeau. Pendant plus de quinze jours, on ne vit point la tête du Négus. Il déserta les mines et le Tram 83. Il écoulait ses journées cloîtré chez un caneton.

— Si tu m'emmènes dans ton pays, je t'aimerai plus que moi-même.

Il y a des gens avec qui il ne faut pas plaisanter. Requiem en faisait partie. Ne pas apparaître dans les lieux publics dénotait une stratégie. Il attendait que la vie reprenne son cours, que la Ville-Pays, rentrée dans son quotidien de délestage et d'effondrement de carrières souterraines, de polémiques entre les canetons de la dernière pluie et les aides-serveuses, les étudiants et les ouvriers des mines, les touristes de seconde zone et les touristes à but lucratif, oublie le phénomène Malingeau.

Deux mois plus tard alors qu'on l'avait complètement vidé de la mémoire collective, Requiem se pointa au Tram 83. Ce n'est pas par hasard qu'il avait choisi la date de sa réapparition. Le Général dissident participait à un colloque sur la paix organisé par le gouvernement sud-africain à Johannesburg. L'équipe nationale de football livrait un match contre le Cameroun. Ce qui fait qu'un monde fou s'était rendu au Tram pour regarder la retransmission sur écran géant de la partie sportive.

Requiem avait même maigri. Malingeau rigolait ostensiblement. Le Tram 83 faisait comme s'il n'avait jamais connu le Négus. Ce qui est grave lorsqu'on sait que si le Tram avait survécu à la faillite de 92, c'est grâce au Négus qui avait prêté de l'argent à son propriétaire.

Tout juste après le match, Requiem demanda la parole. On le pria de cracher rapidement son morceau. L'équipe nationale de foot avait remporté la partie. Pour joindre l'utile à l'agréable, les touristes chinois commandaient des tournées générales pour tout le Tram 83.

— Les préliminaires m'énervent. Du temps qu'on jette par la fenêtre.

Requiem susurra deux petites phrases :

— Je voudrais bien distribuer ce numéro de revue à qui le veut.

Tout le Tram en chœur unique :

— Dégage.

Les touristes chinois :

— Nous pouvons te donner à manger si c'est la faim qui te fait perdre les pédales.

Les demoiselles d'Avignon :

— Il ne comprend jamais, quel homme !

L'aide-serveuse aux grosses lèvres en son français tirailleur :

— Toi, partir chez toi dormir.

Avec beaucoup de nonchalance, il tendit la revue à la poulette qui se maquillait juste à sa gauche. Celle-ci l'ouvrit, feuilleta les dix pages de la revue constituées en grande partie de photos des touristes, s'écria piquée comme par une abeille :

— Le Général !

Tout le Tram, à l'exception des touristes à but lucratif, se rua sur le podium, se contorsionna, bras tendus tels des possédés dans une séance de délivrance. Requiem commença à lancer les exemplaires de la revue dans la foule. Il ne put même pas arriver au bout de sa besogne. Il fut violemment heurté, écrasé par la foule qui cherchait désespérément à se procurer le butin. Profitant du grabuge, tout le monde voulant sortir, tout le monde voulant pénétrer dans le Tram, il rampa jusqu'au comptoir où l'éditeur demeurait sidéré par la tournure des événements et planta un couteau dans sa jambe.

32. La crédibilité d'un homme dépend de la puissance de son bas-ventre.

À son retour, le Général dissident piqua une colère terrible. Dans son théâtre-conte, Lucien l'avait égratigné. Dans la dernière scène, intitulée «Prise de la Citadelle», le personnage du Général dissident trouvait la mort après que Lumumba lui avait administré une raclée. Les mots par lesquels s'achevait le livre

un corps-vide
un corps-chose
un corps-déchet
un corps-de-chien
le corps-sans-tête
d'un Général de basse-cour
traînait dans la gadoue
en état de délabrement avancé !

revenaient sur toutes les lèvres. Les canetons s'en servaient même pour accoster les potentiels clients, les serveuses et les aides-serveuses pour réclamer leur pourboire, les creuseurs pour narguer les étudiants et les musiciens de jazz pour chauffer le Tram.

Les deux photos de sa nudité publiées par le Négus le mirent dans un état de folie. Selon l'aide-serveuse aux grosses lèvres, le même jour, il rompit les relations diplomatiques avec la Bolivie, l'Ouganda et l'Azerbaïdjan et tira sur ses gardes du corps à balles réelles. Dans toutes les conversations du Tram, on ne parlait non pas de son corps svelte en forme de bambou mais de la petite quéquette du Général.

— Vous avez l'heure ?

Les habitants de la Ville-Pays avaient profité de cette occasion pour le tourner en bourrique. La foule avait craché des comparaisons fortuites entre son sexe et une tige d'allumette. Au Tram, on s'était interrogé pendant plusieurs nuits, pour savoir comment un homme sans sexe, ou disons avec un tout petit machin, peut faire bander un caneton.

L'homme fort de la Ville-Pays, lui qui était connu pour ses discours-fleuves, prononça la plus petite allocution du monde.

— Je ferme jusqu'à nouvel ordre toutes les mines de la Ville-Pays et j'ordonne dès cet après-midi la démolition du Tram 83, ce haut lieu du banditisme, de la débauche et de la perversité.

C'était incroyable ce qui se passait. Comment serait la Ville-Pays sans le Tram 83 ? Démolir le Tram 83 c'était comme raser la tour Eiffel ou le Christ du Corcovado de Rio, décapiter la mémoire de la Ville-Pays, priver tout un peuple de son loisir... Le Tram incarnait la cohésion et l'unité nationale malgré les subdivisions intestines. Personne dans la Ville-Pays, à part Lucien, ne pouvait tenir une semaine sans passer au Tram 83. On organisait même des excursions au Tram pour les patients qui grouillaient à l'hôpital Saint-Gilles. Le Général dissident devenait fou. Démolir le Tram c'était mettre au chômage les serveuses et les aides-serveuses (y compris celle aux grosses lèvres avec son français bon nègre) mais également toutes les demoiselles d'Avignon.

Dès l'annonce de la destruction du Tram, les habitants de la Ville-Pays se dirigèrent vers le Tram 83. Pour plusieurs raisons, bien entendu : certains, « vous avez l'heure ? », pour appâter les potentiels clients, d'autres pour protester contre l'interdiction d'excaver, d'autres encore pour contrer l'imminente destruction du Tram 83, le Tram était la seule chose qui leur appartenait vraiment.

— Les préliminaires sont à la mode. Nous en réclamons aussi.

Il y eut une dissidence dans la Dissidence. Une centaine d'affreux se désolidarisèrent de leur chef, passèrent d'un camp à l'autre avec armes et munitions. Pendant deux mois, les canetons, les musiciens, les sapeurs, les suicidaires, les creuseurs, les touristes toutes nationalités confondues, bref toute la Ville-Pays mangeait, buvait, pissait, chômait, chiait au Tram 83 et dans ses parages. Le Général dissident à la tête de sa rébellion échoua à trois reprises à prendre le Tram 83.

Un malheur ne vient jamais seul. Le propriétaire du Tram décéda des suites d'une longue maladie. Les canetons affirmèrent que le Général dissident était un sorcier sans aucun doute et qu'il l'aurait mangé dans le deuxième monde. Ce qui attisa l'animosité contre lui et sa milice et renforça les liens entre les peuplades accrochées à leur Tram.

— Tu es beau comme dans un film porno. Viens dans mes bras, touriste bien-aimé.

Crachant qu'on lui piquait le pouvoir qui s'érodait déjà à cause de multiples défections parmi ses troupes, le Général dissident leva l'interdiction sur les mines. Mais qui pouvait se permettre d'excaver à part quelques touristes à but lucratif, assoiffés de sexe et d'argent facile ? Les mines n'intéressèrent personne pendant près deux mois.

33. Les rois mages.

Le Général dissident ne s'était pas remis des photos, de toutes les imbécilités proférées à l'endroit de son zizi maigre à l'instar d'une tige d'allumette, de sa mort ignoble dans le théâtre de Lucien et surtout de ses assauts repoussés avec brio lors du siège du Tram 83. Il prononça un discours de 2 h 30 à l'issue duquel il mit à prix la tête de Lucien, de Malingeau ainsi que celle de Requiem. « Morts ou vifs, je veux que vous puissiez m'amener ces trois saligauds ! 50 000 dollars et l'autorisation d'excaver à perpétuité dans le Polygone de la mine de l'Espérance. »

Malingeau qui craignait d'être vendu par les siens obtint, non sans difficultés, le droit d'asile dans la résidence officielle des touristes chinois. Requiem échappa de justesse à un guet-apens tendu par Mortel Combat. Une idée l'effleura, il se réfugia aussi chez ces mêmes touristes. Déguisé en femme, sur les conseils de Christelle, Lucien parvint également à bénéficier de la protection des touristes chinois.

Les colportages sur le sexe du Général continuaient de plus belle. Il commença à revoir la cagnotte à la hausse.

Au fil et à mesure que la mise à prix augmentait, les touristes chinois commencèrent à changer d'attitude. Ils n'étaient plus gentils et serviables vis-à-vis des trois fugitifs. « Vous savez, répétaient-ils, notre entreprise bat de l'aile mais si on pouvait vraiment bénéficier de la grâce du Général dissident. Le Général dissident propose maintenant 70 000 dollars alors que nous, nous n'avons besoin que de 20 000 dollars pour sauver notre entreprise de la faillite. »

Dès qu'ils apprirent que le trio avait trouvé refuge à Beijing, le chinatown de la Ville-Pays, les touristes de seconde zone, les affreux, les canetons, les touristes à but lucratif, les creuseurs, les musiciens congolais, les serveuses, les aides-serveuses y compris l'aide-serveuse aux grosses lèvres, bref tout le monde contacta les touristes chinois afin qu'ils livrent les trois saligauds et que l'argent soit distribué à parts égales. Noël arrivait et tout le monde cherchait son vin rouge et de quoi payer ses brochettes à base de chien.

— Emmène-moi dans ton pays et je te donnerai tout l'amour du monde.

Le 24 décembre, Requiem, Lucien et Malingeau, profitant de l'inattention de leurs hôtes, s'évaporèrent dans la nature. Ils n'avaient qu'une seule idée : arriver à la gare dont la construction métallique puis grimper dans le premier train direction l'Arrière-Pays.

Requiem qui marchait devant eux était plus qu'énervé. Il insultait tout le monde : les canetons, les touristes de seconde zone, la diva, les touristes à but lucratif, Christelle, Jacqueline, les serveuses, les aides-serveuses, l'aide-serveuse aux grosses lèvres, les affreux, Lucien, l'éditeur, le Général dissident, Mortel Combat... Malingeau réagissait énergiquement aux aboiements du Négus

— Ne m'adresse pas la parole sur ce ton-là ! Je suis né à Genève, Requiem, je suis quand même né à Genève !

Alors que Lucien, en retrait, s'arrêtait pour écrire malgré les embouteillages caractéristiques de cette gare dont la construction métallique.

Tout chemin mène au Tram 83. Aucune route ne menait à la gare du Nord sans passer devant le Tram 83. Ils éprouvèrent de la nostalgie lorsqu'ils passèrent devant le Tram. L'ambiance était au zénith. Dehors, les gens, assis, debout, buvaient, mangeaient, reprenaient en chœur la diva, dansaient, criaient, s'embrassaient, aguichaient les clients, hélaient les canetons, pestiféraient, se bagarraient, réclamaient le jazz afin d'être sur le même pied que les touristes de la première classe...

— Vous avez l'heure ?

Lorsqu'ils commencèrent à traverser à gué les rails, la musique leur parvint : délicieuse conversation entre le saxophone, la batterie et la trompette. Le saxophone montait, montait, montait, puis s'estompait dans un silence béat. La batterie comblait alors le vide avant de s'essouffler. Puis ils grimpaient ensemble, puis la batterie s'étranglait laissant le champ libre au saxo qui soliloquait, tel un chien à l'agonie. À son tour, le saxophone trépassait dans un hoquet presque cérébral. C'est à ce moment précis que la trompette entrait en scène reprenant un air connu dans toute la Ville-Pays.

Le saxophone alors renaissait de ses cendres, puis s'employait à grignoter l'espace conquis par la trompette. La batterie, en deux temps, se mêlait à son tour à ce bal des carnassiers, qui résonnait dans la gare dont la construction métallique inachevée, démolie par des obus, des rails et des locomotives qui ramenaient à la mémoire la ligne de chemin de fer construite par Stanley, des champs de manioc, des hôtels à bas prix, des gargotes, des bordels, des églises de réveil, des boulangeries et des bruits orchestrés par des hommes, toutes générations et nationalités confondues.

Le Livre de Poche s'engage pour l'environnement en réduisant l'empreinte carbone de ses livres. Celle de cet exemplaire est de :
450 g éq. CO_2
Rendez-vous sur www.livredepoche-durable.fr

PAPIER À BASE DE FIBRES CERTIFIÉES

Composition réalisée par INOVCOM

Imprimé en France par CPI
en janvier 2016
N° d'impression : 3015419
Dépôt légal 1re publication : février 2016
LIBRAIRIE GÉNÉRALE FRANÇAISE
31, rue de Fleurus - 75278 Paris Cedex 06

27/0086/5